唤醒沉睡的南宋

杜正贤 著

浙江摄影出版社
全国百佳图书出版单位

责任编辑：朱丽莎　盛　洁
责任校对：王君美
责任印制：汪立峰　陈震宇

素材整理：李　洁　李梓莹
装帧设计：浙信文化

图书在版编目（CIP）数据

唤醒沉睡的南宋 / 杜正贤著. -- 杭州：浙江摄影出版社，2024.6（2024.9重印）
ISBN 978-7-5514-4883-3

Ⅰ. ①唤… Ⅱ. ①杜… Ⅲ. ①回忆录－中国－当代 Ⅳ. ①I251

中国国家版本馆CIP数据核字(2024)第033890号

HUANXING CHENSHUI DE NANSONG
唤醒沉睡的南宋

杜正贤　著

全国百佳图书出版单位
浙江摄影出版社出版发行
　　地址：杭州市环城北路177号
　　邮编：310005
　　电话：0571-85151082
　　网址：www.photo.zjcb.com
制版：杭州浙信文化传播有限公司
印刷：浙江海虹彩色印务有限公司
开本：889mm×1194mm　1/32
印张：11
字数：170千字
2024年6月第1版　2024年9月第2次印刷
ISBN 978-7-5514-4883-3
定价：59.80元

孔庙

"变形宝相花"印花方砖

勾头滴水

瓦当

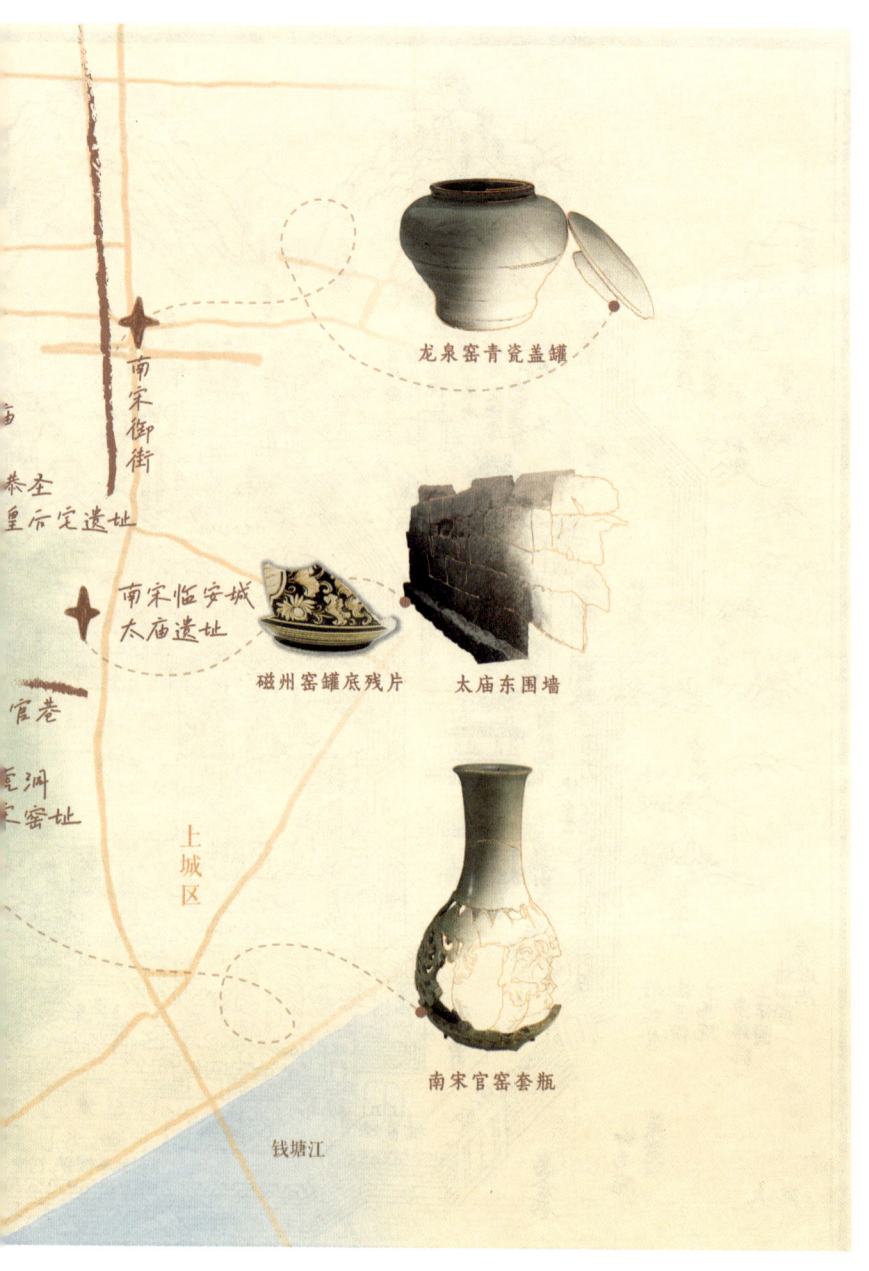

本书相关考古、文物保护项目示意图

目录

序 一

序 二

 序　章　　儿时梦终成三十载考古行

　　003　　车轮轧出杭州考古地图
　　009　　从放牛娃到北大考古学子
　　021　　数十载追寻与守护
　　035　　考古传承须百年树人
　　040　　有待探索的考古未尽之谜

 第一章　　小竹片抠出一座战国大墓

　　047　　千年瓷乐器的惊险之旅
　　055　　战国一号墓
　　069　　稀世珍宝的三大谜题
　　075　　墓主何许人也

第二章　　惊鸿一瞥邂逅了南宋太庙

　　085　　紫阳山下旧相识
　　090　　被小看了的太庙遗址
　　098　　左手文物保护，右手城市建设，选谁
　　110　　多灾多难宋太庙

第三章　　在吴越陵墓中看五代星空

　　125　　一锄头敲出了吴越王后陵
　　134　　康陵：星空下的四神守护
　　147　　奢华却悲催的钱氏九大墓

第四章　一缕荷香下沉浮临安府治

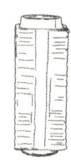

161　荷花池头，流转之地
167　临安府治水落石出
179　营造考究的南宋第一衙门

第五章　烧土中翻出的修内司官窑

187　凤凰山麓，古瓷追击
204　破解修内司官窑悬案
217　当世一流的老虎洞元瓷

第六章　吴山脚下皇后的闲庭深院

225　被紧急叫停的住宅建设
226　我们挖到了皇后宅

230　最早的游泳池
236　杨太后的晚年居所
239　杨皇后其人

第七章　与今人争路段的千年御道

253　卷烟厂里的岳飞办公室
260　天子行走
281　与今人争路，御街与中山路的珠联璧合

第八章　修复孔庙大成殿的七部曲

300　大成殿彩绘修复
308　三年得成

后　记

序 一

杜正贤先生的新著《唤醒沉睡的南宋》一书即将出版，正贤嘱我为序，这给了我先睹为快的机会。

正贤是浙中横店人，出生于农村。1981年，考入北京大学考古学系，在校期间勤奋好学。1986年，于北京大学考古学系毕业，即赴杭州市文物考古所（今杭州市文物考古研究所）工作。从此在杭州市从事文物考古工作30余年，参加或主持了许多重要的遗址和墓葬的勘查、发掘工作。通过刻苦努力，他积累了丰富的经验，取得了丰硕的成果。本书可以说是作者从事考古文物工作的传记，有经验、有教训，有艰辛、有欢乐，文字生动流畅，书写了一段由年轻的考古学系毕业生，成长为考古学家的漫长历程。正贤在本书中对今后杭州考古文物工作提出了富有建设性的5项建议，体现了其对考古工作怀有深厚情感和认真负责的精神。同时，他受聘到浙大城市学院创办考古学系，任系主任，仅筹备一年时间即开始招生。他以丰富的学识，组织和管理系里的教学和行政工作，教书育人，培养考古人才，开启了他人生经历的新篇章。

杭州历史文化源远流长。五代十国时期是钱氏吴越国的都城（893—978），后统一于北宋王朝。北宋为金朝所亡。1127年，康王赵构称帝，几经颠沛流离至杭州，升杭州为临安府，后定都临安，是为南宋王朝。南宋王朝控制着中国半壁江山，至1279年为元朝所亡。临安成为南宋的政治、文化中心，遂兴起各类手工业作坊，成为繁荣的商业城市，人口超过了北宋时的东京（汴梁）。

南宋临安城的考古勘查、发掘工作，过去较为零星。由于宋代是中国城市规划布局大变化的时期，由隋唐时期封闭式的里坊制城市，转变为开放的街巷式城市，因而临安城在城市发展史上具有重要地位。从1983年开始，由中国社会科学院考古研究所（组建了浙江考古队）、浙江省文物考古研究所、杭州市文物管理委员会办公室联合组建临安城考古队，正式对临安城进行勘查、发掘工作。由于古代城市压在今杭州市的下面，属"古今叠压"型城址，考古工作进行得非常困难。考古队对皇城、南宋官窑遗址等做了大量的勘查和局部发掘工作。但20世纪90年代中期，中国社会科学院考古研究所撤销浙江考古队。这不能不说是一项工作失误，因为当时正是杭州市进行旧城改建的时期，急需做好基本建设中的考古工作和文物保护工作。这项工作只好由杭州市文物考古所承担。

1995年5月，正贤升任市文物考古所副所长兼法人代表，主持工作，这副沉甸甸的担子压在了他的肩上。就在这一年的紫阳山下，旧城改建的拆迁区发现了南宋太庙遗址，它是南宋时期地标性遗址。经国家文物局、浙江省文物局领导现场考察和专家论证建议，杭州市委、市政府决定停建小区，居民易地安置，太庙遗址发掘后回填，辟为绿地保护区。太庙遗址现已成为著名的景点，供民众参观游览休闲。

2000年旧城改建中，在上城区河坊街发现南宋临安府治遗址，分四次进行局部发掘，发现府衙基址和重要遗物。这座府衙元、明、清三代一直沿用。

1998—2001年，发掘的老虎洞南宋修内司官窑遗址，这是瓷器史上一次重大的发现，展现了这一时期制瓷业的最高水平。这一发现是正贤和市文物考古所同仁，经过艰苦调查才获得的。

2001年在吴庄基建工地上，发现了南宋恭圣仁烈皇后宅遗址，基建项目因此停止，发掘后回填保护。

2003—2004年，发掘了严官巷南宋临安城御街遗址。御街是专供皇帝车驾通行的街道，御街的发现使临安城有了精确的横向坐标轴，使城市布局更为清晰。

以上五项重要发掘，均入选"全国十大考古新发现"，代表了杭州市文物考古所对中国考古学做出的重要贡献，也是作为项目领队的正贤为中国考古学做出的重要贡献。

该书分为九章，除序章外，其余八章均是讲述他经历的考古发掘过程和文物保护项目，其中五章都是关于南宋临安城的考古成果。这些成果都是临安城考古阶段性的成果，临安城的考古工作还需要长期进行下去。其余三章分别讲述战国时期贵族墓葬和吴越钱氏康陵的发掘，以及文物保护工作，也都是他的重要经历。每章都详细地叙述了发现、发掘、保护的经过，结合文献详述其来龙去脉和其中的插曲。2005年，他调到杭州市文物保护管理所（简称"文保所"）任所长，完成了杭州孔庙修缮、杭州市第三次全国文物普查等重要工作。2015年，调至杭州博物馆任馆长，在文物保管和展示方面也取得优异成绩。

该书文字流畅，图文并茂，旁征博引，富有情趣，适合考古、文博、历史等专业的读者，同时也适合普通读者。它是向文物考古大众化迈进的一步。

徐光冀

（中国社会科学院考古研究所原副所长、研究员，国家文物局考古专家组成员）

序 二

我是学经济学的,本是考古学的外行,但在担任浙江大学副校长期间,作为学校文科事务的分管者,在时任浙江大学党委书记、文科发展领导小组组长张曦同志的领导和指导下工作。张书记极为重视文化遗产保护传承工作,以高度的历史责任感和强烈的使命感,策划、组织、推动浙江大学文化遗产高水平团队、重大项目、科研平台的建设。张书记的思想境界、道德品质和工作作风深深地打动了我。受张书记的影响,也因为工作职责的要求,我与考古文博系统的上级领导、行业专家和校内师生建立了密切和深入的联系,结交了一大批奋战在我国文化遗产领域战线上的专家、学者、朋友。本书的作者杜正贤教授(以下我就叫他"老杜")就是其中的一位。

与老杜的首次结识,是在我担任浙江大学校长助理之初的 2008 年。那时,浙江大学正在加强考古学学科建设,筹建文化遗产研究院,并策划启动浙江大学艺术与考古博物馆建设,急需学科领军人才。我就是在这个时候认识老杜的,当时他还是杭州市文保所所长。由于种种原因,浙江大学引进老杜的计划最后没有成功,这一直是我内心深深的遗憾。

浙江是文化遗产大省,对考古人才需求很大,可本省几十所大学,却没有一家设置考古学本科专业的。这让我十分不解,也很忧虑。在浙江大学工作期间,我就曾极力推动设立考古学本科专业,只是时运不济,碰上学校启动新一轮本科专业优化调整,新设本科专业难上加难,最终没能成功。2020 年 4 月,我被任命为浙大城市学院转公办学后的首任校长。填补浙江省内考古学专业的空白,是我担任校长后下决心要做成的一件大事。学校党委书记洪庆华同志对文化遗产事业的重要性早就有着深刻的认识,在地方工作期间就十分重视文化遗产保护与传承利用。在创办考古学专业这件事情上,我们一拍即合。此后,学校很快就启动了考古学系筹建工作。

创办省内首个考古学专业,这个使命很光荣,但责任也很重大。要做成这件事情,关键在于找到有干事创业情怀、有专业经验、有重要影响力的领军人。我当时心里想到的第一个人就是老杜。于是，我们很快又建立了联系。不久，老杜全职加盟浙大城市学院，承担起了创办考古学系以及考古学专业的重任。老杜来浙大城市学院后，白手起家，苦心经营，在专业人才队伍建设、专业课程体系建设、办学空间整备、设施条件建设等方面，倾情倾心，不遗余力。

得道多助，浙大城市学院考古学本科专业于2022年实现首次招生，并成为学校最受考生青睐的专业，自此，浙江省结束了文化大省没有考古学专业的历史。随后，在国家文物局和浙江省文物局的大力指导、支持下，浙大城市学院考古学系获得了考古发掘团体领队资格。有专业、有团队资质，不到三年，一个像模像样的考古学系就呈现在世人面前。平心而论，虽然有学校的全力支持、学校各部门的高效协同，但如果不是老杜主持此事，这样的速度、这样的成效是绝无可能的。在工作交往中，我感受到老杜这个人有着忠诚可靠的品性、踏实认真的作风和对考古学深入骨髓的热爱之情。我很欣慰有老杜这样的同事和战友！

如果说，此前我对老杜的印象主要是通过具体工作中的合作而形成的，那么最近我对他的认知则被一本书稿刷新了。

前不久，老杜把自己一部新作的电子版发给我，嘱我作序。这部书稿有300多页，分量较大，本打算分几次慢慢看完的，但一打开文本就再也放不下，索性一口气通读了。这本书让我收获了丰富的知识，也使我认识到一个新的老杜，一个更加立体、丰满的老杜。

读完这部书稿，我有几个想不到。

想不到老杜将几十年考古生涯的故事书写得这么精彩。老杜是考古学界的传奇式人物，是公认的"金手指"，一人拥有五项"全国十大考古新发现"的殊荣，这在考古界是稀罕至极的。对他的有些传奇之事，我此前也有耳闻，却不甚了了。但老杜用这部书把我带进了他亲历的往昔岁月，使我如临其境，化身为一个现场的观察者，见证了几大考古发现。他书中所书写的故事富有戏剧性，情节曲折离奇，结局峰回路转，读来引人入胜，扣人心弦，简直就像精彩的探案集。

想不到老杜的情感如此丰富和真挚。印象中的考古学家是终日忙碌在荒山野岭，手持小铲，目不斜视、耳不旁听，专注于地下遗存的一群人，他们对古代的事情似乎比其他任何事情都更有兴趣，也更愿意倾注感情。老杜的新作则呈现出了考古人情感的另外一面，即待人重情重义，处事关注社会现实，富有同理心，感知敏锐，执着而又自律等。

想不到老杜的文字功底这么好。我接触到的考古学家，大多性格淳朴，作风踏实，有着农民和地质工作者一般的吃苦耐劳精神，意志力和韧性都非常人可比，这些素质，老杜身上都有，但是，老杜有着很多同行所不具备的精彩文笔和高超的叙事本领，这一点出乎我的意料。他的文字老练沉稳又富有文采，遣词造句准确又生动。以事说理，借事抒情，行文夹叙夹议，节奏不徐不疾，安排张弛有度。读来不仅能收获一番教益，更是一种享受。

想不到老杜对杭州的了解如此之广之深。我自读大学以来，在杭州学习、工作、生活了近46年，自认为对杭州已经十分了解，但与老杜相比，自愧不如。他对杭州城市角角落落的观察认识，比我全面得多又细致得多。他能做到这一点，恐怕除了作为一名优秀考古学家的职业素养，还因为他对杭州这座历史文化名城有着深深的爱。

总之，这本书既让我理解了一位卓越的考古文博学家投身杭州历史文化名城建设事业的经历、经验，也让我领略到一位优秀学者的文采、风采。

自然，老杜的这本书主要不是作为一名考古学家的夫子自道，而是承载着某种文化和知识传播的功能，那就是助力读者了解和理解考古工作并借此更加生动和具体地认识杭州城市历史特别是南宋一朝的历史。我认为，他的这个任务完成得很好。全书九章，除序章外，其余每一章都围绕一个作者亲自参与和见证的重大考古发现或文物保护项目展开故事。每一个故事都被置于历史的坐标之中，前后、左右、上下相关的知识被有机地连缀在一起，整体性地呈现给读者。通读这本书，其实就是听老杜做了8个关于杭州城市历史的专题讲座。读者，无论少长，也不论是否为专业人士，阅读这本书都可以长知识、长见识。

老杜的这本书写得真是好，我急切地想要把它推荐给大家。我相信，广大读者也一定会和我一样爱上这本书。

是为序。

罗卫东

（浙江大学人文高等研究院院长、浙大城市学院原院长）

本书所有田野考古发掘项目均按照国家文物局颁发的《田野考古工作规程》执行。

序　儿时梦

章　终成三十载考古行

车轮轧出杭州考古地图

说来有趣，我一直有个小小的缺憾，就是对人名和人脸的对应关系相当茫然，流行的说法是有"脸盲症"。刚认识的人，明明不久前我们还一起谈笑风生，没隔几天就相见不相识了。在我脑海中，仿佛有一块记忆橡皮，三两下擦掉了一些友人的面容，由此引发了不少笑话与尴尬。

与脸盲的缺憾相反，对于路，我却有着超乎常人的敏感度，仿佛大脑里有一根专门为之而生的神经。今日的杭城高楼林立，道路平坦通畅，大街小巷车水马龙，绿化郁郁葱葱，湖光山色与现代都市完美融合。早年却不同，大部分街道并非如今这般平坦通畅，路面大都坑坑洼洼，但我对这座城市情有独钟。每日清晨去上班，只要天气好，我都会提早出门，骑着自行车，穿过杭州的大街小巷，兜兜转转，转到遥远的后街,又登上小山坡绕上一周,看东边天际由白变红,欣赏朝霞如火,红日冉冉升起。经过一天繁忙辛苦的工作后,我又骑行在返家的路上,看暮色四合,家家户户的屋顶炊烟袅袅,渐渐有繁星爬上天幕,伴着悠远的晚钟声。如此日复一日脚踏实地的相处,我与杭州许多深街小巷便有了些莫名的缘分,这或许就是"眼缘"。然而在地图上细细比对、殷切找寻它们的名字时,往往无果。也许它们不出彩,甚或本就无名,却数十年如一日,默默地承受着行人匆匆的脚步、自行车深深浅浅的辙印和小汽车沉重的车轮印。偶尔一时兴起,我会在心里给小路们起名字。"尔尔辞晚,朝朝辞暮",就叫它"辞暮路"吧;"清阳曜灵,和风容与",就称它"曜灵路"吧……无论晴空煦日还是风霜雨雪,无论历经几多风云变幻,照在这些小路上的永远是同一方天光。

与我一同日日行走在这些小路上的,还有我心爱的坐骑——一辆老式自行车,它和我一路见证了杭城的沧海桑田。

当年的杭州街头有众多的老牌自行车,永久、红旗、凤凰……都是国内知名品牌,驰骋于大江南北,各领风骚。这些老牌自行车见证了城市的发展和变迁,成为我们生活的一部分，承载着我们的记忆和情感。时至今日，它们依旧默默载着一些新老杭州人，慢慢悠悠地兜转于杭城的街头巷尾。永久自行车坚固耐用，深受大众喜爱；红旗自行车以其性价比而闻名；凤凰自行车设计时尚，老少皆宜，备受青睐。自行车承载着一代人的情怀。

1980年，杭州龙翔桥停满了自行车（吴国方 摄）

我那辆老式自行车,可不仅仅是个交通工具,它还是我青春岁月的伙伴,陪我穿过大街,走过小巷,风雨无阻。青春的车轮,时而迎风狂冲,时而犹豫不决,如同当年追逐梦想的脚步。这个伙伴见证着我从泥泞难行的黄土小路一路骑向平坦开阔的柏油大道,见证着我从青涩的毛头小子逐渐成

20世纪80年代的杭州武林广场(吴国方 摄)

长为一个小有成就的年轻人。如今，它静静倚在车库的角落，车架略略变形，锈迹斑斑的链条耷拉在地面上，铁支脚快撑不住了，通体一层厚厚的铁锈，如同被岁月裹了件旧外套。凑近一看，车胎干瘪氧化，不复当初的饱满和弹性，布满了深浅不一的裂痕，似一张爬满皱纹的脸。它老了，我也老了。

昔日的一段段骑行之旅如同穿梭于时光隧道的一次次奇妙冒险，让我将杭城的布局摸得清清楚楚，心中有了一张三维地图，有时连司机同事都要向我问路。做城市考古，熟悉整个城市的布局是基本功，要想弄清楚那些大街小巷、角角落落，每天骑车穿越城市，便是最快捷的方式。每天回家后，我又抽时间阅读地方志、古代地图，不仅熟悉了当代的杭州城地理信息，还形成了"古今重叠"的思维，在地理分布上，将现代杭州与古临安城如抽丝剥茧般一一对应，脑海中构建出立体层叠的古今杭州地图。开展考古工作时，我便能见今知古，将现代地点与古代地点实时对应，迅速调出相关历史渊源，做出更高效、准确的城市考古方案。青葱岁月里，我日复一日地骑车穿梭于杭州城，又有大量地方志和古地图的加持，终于厚积薄发，在临安城考古方面取得一项

20世纪90年代,杭州街头延安新村的公交车站(吴国方 摄)

20世纪90年代,还未建造高架桥的杭州中河路沿线(吴国方 摄)

又一项的成果。

在这个日新月异的城市里，旧时的景致渐渐模糊，时代匆匆的步伐激励着人们的奋斗精神。城市如同一部流动的史书，记录下浓墨重彩的一页又一页。

城市每时每刻都在变，变得越来越现代化，我心中却始终有一缕淡淡的忧伤。曾经无垠的田野、安静的村庄，被时代的车轮碾过，只留下一抹浅浅的轨迹。古老的陵墓、深埋的宝藏，也许就沉睡在崭新的城市基建下。城市的发展与进步，给人们带来了便利与快捷，却也付出了未知的代价。巍巍高楼下，深埋着怎样动人的故事与遥远的记忆？

曾经蹬着单车的双腿已然老迈，我心中的火焰却仍然不灭。午夜梦回，梦境总将我带回那个梦开始的地方。

从放牛娃到北大考古学子

我的家乡在著名的影视拍摄基地横店。横店风景如画，有一个山清水秀的小小村落——岩前村。村后有一座牛背山，高达百米，长数百米，因形似牛背而得名。在牛背山下出生的我，从小就跟牛打交道。牛是农民的宝贝，是农民耕田犁地的主要帮手。清晨的第一缕阳光洒在大地上时，我放牛上山。落日的余晖照着我放学的脚步，我返回山上，牛群静静地等待着。我领着它们穿过原野，沿着熟悉的小径缓缓行走，它们轻柔的叫声回荡在山谷，抚慰着我的心灵。

不上学时，当牛儿在山坡上自由漫步吃着草，我和儿时的伙伴们便在山间四处玩耍，争相爬上山楂树，比谁摘的果子多。口渴了，咬上一口新鲜摘下的山楂，顿时酸得一张稚嫩的脸皱成了一团，没过多久，一丝回甘缓缓升起，在嘴中游走。若是雨后初晴，一朵朵奇形怪状、五颜六色的蘑菇从泥土和枯木中冒出，采蘑菇成为应时的玩乐新项目，即便山路泥泞也阻拦不了我们上山的路。

当然，放牛的欢乐也会伴随着烦恼。偶尔，等我们玩尽兴了，回头找牛时，却发现几头牛失踪了。担心回家挨骂的我们心急如焚地边喊边找，有时发现牛跑到了山的另一侧；有时发现牛因为跑到人家地里吃庄稼而被人"扣留"等待赔偿；也有时牛真的不知去向，等到太阳下山、天色渐暗仍找不到。手足无措的我们只能抱头痛哭。

牛背山

在无数个拂晓和黄昏中,我与牛儿同行在牛背山上。阳光透过树叶,斑驳地洒在身上,微风轻抚,那时,我时常仰望天空,无限遐思,总觉得山下深藏着宝藏。

小时候,我对考古的理解很浅薄,只当它是神奇的冒险。我常常借着洞穴和文物的故事,自诩为一位伟大的考古学家,带着牛群探幽解密，同时兼顾放牧任务。我幻想穿越丛林和草地，寻找古老的遗迹和埋藏的宝藏。

年岁渐长，我的梦想渐渐从儿时的幻想和冒险，变为少年追求真理和为世界做贡献的渴望。梦想激励着我努力学习，阅读大量书籍，不拘一格地拓展知识领域。

我很幸运，自青少年时期开始，就遇到了很多良师。

我高复班的班主任兼历史老师是毛纯良先生。鬓边白发生，常思少年时。如今我也逾花甲之年，回想起毛老师对我的关怀，心中依然充满感激，毛老师的谆谆教诲在耳畔回响不息，如同一串串珍贵的乐音。毛老师与其夫人程又新女士桃李天下，他们以知识、智慧和慈爱指引着我们茁壮成长。每每想到毛老师，我的脑海中总是浮现出他笑吟吟的脸庞。那时我正踯躅于人生的一个十字路口——高考第一志愿虽填了经济类专业，但我的心中忐忑不安。我一直回味着毛老师的话，他曾恳切地对我说："要坚持下去呀，找到你真正热爱的东西。"经济类专业是我热爱的吗？我并不确定。高考录取结果出炉，我竟被分配到了北京大学考古系。时光如水，奔流不息，我终于要踏上考古学的求知之路了。我渴望揭示历史的真相，将那些宝贵的遗产从泥土中带回人们的视野里。

在北京大学未名湖畔

没有被第一志愿录取，我却如释重负，这或许是天意，命中注定我必然走上考古这条路。

步入北京大学考古系的第一天，我满怀期待地走进那扇大门，它通往充满探索性的神秘领域。在考古系，我心无旁骛，专精一艺，整个心神都投入考古知识和技能的学习中，古老的文明、埋藏的宝物，以及它们背后隐藏的故事，悄然呼唤着我。当历史的面纱被层层揭开，在我眼前，一个瑰丽而广阔的时空翩然浮现。

课上，老师们对不同时代和文化的考古发现和研究成果进行生动而细致入微的讲授。课下，老师们带领我们走向田野，用几十年丰富的经验手把手教我们实地调查和考古挖掘。在我眼中，考古学的世界是真实而立体的。在一次次考古挖掘和文物保护的实践中，我不断积累经验，那个当年想报考经济系赶热门的迷茫青年，已深深被考古学的魅力吸引，也在心中认定了要承担起考古工作的文化使命。

每一次挖掘都是一场历史寻梦之旅，每每与发掘出的古代陶瓷器、青铜器或其他器物邂逅，我都震撼不已。碰触着这些被尘封的文物，我仿佛穿越时光与古人相遇，感受着他们的智慧和力量。每一件文物都是历史长河中积淀下来的瑰宝，具有无穷的历史价值，是牵系着古今之人的情感纽带。

实践背后，需要深厚的理论基础和技术支持。经过一次次震撼心灵的考古实践，我越发认识到考古学的理论和方法在指导实践中的作用，于是更加努力地深入研究。经过系统的考古课程学习，我认识到考古学是一门综合性学科，需要眼观六路，触类旁通，除了掌握历史学、社会学等社会学科知识之外，还要广泛涉猎地质学、化学等自然科学知识，以便更好地分析和判断文物的性质和年代。跨学科的综合学习开阔了我的眼界，激发了我对各类古文化知识进一步探索的欲望。

求知之路不仅仅在于手中的课本和脚下的泥土，城市中大大小小的各类博物馆、图书馆等文化资源，也是汲取知识的宝库，每一次观瞻历史展品、翻阅古籍，都让我近距离体悟到历史的魅力。"独学而无友，则孤陋而寡闻"，在完成课业和实践之余，我积极参加国内外的学术交流活动，与来自不同国家、地区的考古学者进行深入的交流与合作，这使我对考古各层面的学术知识有了更丰富的认知。

考古虽然充满魅力，却不是一条坦途，它有璀璨夺目的一面，也有灰头土脸的一面，尤其在面对重重难解谜题时，甚至会觉得分外孤独。幸而有许多志同道合的伙伴，一同探索、学习，不断分享彼此的发现和思考。同学间携手并肩的合作与交流，倍添求知乐趣，让我无比兴奋。每个人的独特视角和创新思维，都会为考古学的发展带来新的启示。

那时，我们不仅要熟悉系统的中西方历史知识，还要学习与考古相关的地质、化学等学科的知识。因此考古专业的课业比其他专业更加繁重，要付出加倍的时间和汗水。大学最初两年的理论学习，完全是分秒必争地刻苦努力。但要扎实地掌握考古技术，理论知识却只是"纸上得来终觉浅"，考古终究是要"躬行"的。到了高年级，我们既要完成繁重的课业和学术研究，还要跟着老师们前往各地开展田野考古工作，在艰苦的环境中进行大量的体力劳动。在田野，在山林，在荒坡上，有我们躬身行走的身影；有我们手拿考古工具，测绘、勘探、挖掘的身影。夏天，顶着毒日汗流浃背；冬天蹲在寒风中，用小铲和竹签抠开比石头还硬的冻土。

这种持续高强度的学习和实践，使我们磨炼出高超的技术能力与综合素质，我们学会了辨认土的颜色、质地，又学会了辨认遗迹、测量绘图、器物分类等的方法与诀窍。但对于任何人来说，这样的强度都是一种巨大且痛苦的考验。一

1983年，在山东长岛县大黑山岛考古实习时的合影

些同学身体和心理上终于扛不住了，不得不转了专业，寻找更合适的领域和发展方向。

就读考古专业的大部分是男生，但我们班竟有9个女生，实属难得。选择考古专业本就需要勇气，这些女生不仅付出的努力和汗水一点都不比男生少，更有女生的特殊优势——坚韧、灵敏和敏锐的观察力。面对各种实地考古和实习工作中的困难和挑战，她们不畏艰辛、乐观踏实，不断自我提升，展现了出色的学术和研究能力。她们对考古学的热情和执着，令我们男生备受鼓舞，更积极主动地投入考古学习与实践中去。

考古班勤奋刻苦、孜孜不倦的班风，离不开宿白先生的刻意培养。他夯实了我们的基本功，引导我们顺利入门，令我们受益终身。

那个年代一穷二白，即使是北京大学，教学设备也相当简朴，我们没有投影仪，更没有平板电脑和笔记本电脑，遑论互联网，但这也造就了我们徒手画地图的技术。课堂上，每人都拿着一根铅笔，目不转睛地盯着黑板。先生将考古地图画在黑板上，我们则小心临摹，先生画一笔，我们就摹一笔，尽可能地将地理信息刻画得形象而准确。课堂上听不到交头接耳的讨论，只有一片铅笔画图的沙沙声。那时，课堂是一个奇妙的舞台，教师指挥，学生配合，如同在演奏完美的交响乐。经过日复一日的练习，地图的每一条边缘、每一个标记都深深地刻印在了我们脑海里。每一次临摹都是沉浸式的体验，我们仿佛漫游在历史的长河中，身临其境地探索着那些古老而神秘的遗迹。

在北京大学读书时

先生极有风度，尤钟情于折扇，常随身携带，唰地一甩，又倏地一合，过程行云流水似龙飞凤舞。每当他合拢扇子，背过身去写板书，讲台下的同学便争相模仿他甩动扇子的动作，彼此会心一笑。

先生的教导为我们开辟了宽广而坚实的学习之路，将我们的基本功打磨得如磐石般扎实。他的风度和教学方式也让我们对知识充满了探索的渴望和热爱。他舞动折扇时裂帛般的声音，犹如一曲优美的古乐，在时光的长河中奏响，成为我们记忆中美好的回响。感恩先生的教诲和付出，我们怀着敬意将他的智慧和风采传承下去，继续舞动着那把折扇，散播着知识和美好。

考古学赋予了我对历史在实物角度上的特殊认知和解读能力，我沉迷其中，深刻体验到时间的延绵与文明的传承。每一次发掘都像为历史寻回了一块块曾经缺失的拼图，在一次次的历史实物证据填补中，我们对人类文明的发展有了更加清晰而丰富的认识。这使我们能立足于世界考古学之林，鉴古知今。

在众多的学科中，考古学是一颗璀璨而古老的明珠，它以独特的方式照亮了往昔人类的知识探索和文化积淀之路。感谢命运让我选择了如此独特的道路，有机会与古代文明对话，在历史的黄尘古道上留下自己的足迹。

数十载追寻与守护

1986年，我从北京大学毕业后，到杭州市文物考古所工作。之后，我参与的发掘工作数不胜数，每一次发掘都是磨砺，是成长的过程，让我收获满满。我参加的第一次考古发掘，是在杭州灵峰探梅景点的停车场。那是个不起眼的地方。在寒冷的冬天，参与发掘的我冻得双手通红，却激动万分，虽无重要发现，我却毫不气馁，依旧那么意气风发、斗志昂扬，毕竟，这是我考古职业生涯的起点。我初试锋芒，在考古之路上整装待发，此后便一发不可收，脚步不停，奔走于高山原野之间，展开我的文明探索之旅。

1987年4月，春光明媚，我到建德陈家乡（今寿昌镇），参与发掘了两座东汉晚期砖室墓。这一次近两个月的抢救性发掘，既有令我十分惋惜之处，也有满满的收获。其中一号墓被盗严重，仅剩20件器物。令我最喜悦的是，我们亲手挖出了一件釉陶虎子，它可谓实用性与艺术性相结合的典范。

1987 年，在建德考古

釉陶虎子

这是一只奔走的小老虎，造型别致，通体黄釉，皮毛上的花纹精雕细琢，整体栩栩如生。釉陶虎子被评为一级文物，成为建德市博物馆的镇馆之宝。

1989年落叶纷飞的时节，随着考古经验日趋丰富，我带队驻扎在今杭州市上城区闸口乌龟山西麓，参与发掘南宋官窑遗址。为了配合南宋官窑博物馆的建设，我们对之前未发掘过的非核心区域进行了抢救性发掘。尽管发掘出的大都是破碎的瓷片，但这是我第一次接触窑址考古，使我对窑址和南宋官窑有了初步的认识，也为此后老虎洞遗址的发掘和研究奠定了重要基础。

同年，我参与了浙江大学欧阳纯美科学楼基建工地的发掘，负责清理一座南宋时期的长方形券顶砖室墓。尽管墓室很小，发掘非常简单，但出土的器物却非常精美，26件随葬品囊括了陶瓷、铜、铁、金、银等多种质地的文物，件件都是难得的精品，在出土的南宋文物中相当罕见，真是意外之喜。

"考古跟着工地跑"，此话不假。1993年，馒头山上的杭州市气象局办公楼施工，又有新发现，我们清理出一处南宋遗迹，其中有大型建筑的砖砌地面、石柱础、花坛等。在南宋地层之上，我们还清理出了元代的夯筑遗迹，残存3—4米高，看似一座残塔。这就有意思了。中国文化中，塔一向用来镇压邪祟、存放佛宝、引导光明，这座塔为何要压着这处南宋遗迹建造？我翻阅大量文献，比对分析，推测这处夯筑遗迹应与元代镇南塔有关。当年，元军挥师南下，灭掉南宋以后，放了把火，将南宋宫室烧得只剩断壁残垣，"恶僧"杨琏真加占据旧址残宫，将其改建为寺庙，又将绍兴南宋六陵洗劫一空，甚至将陵中南宋皇室成员的尸骨拖出，羞辱毁弃后，将残骸运至杭州，与牛、羊等牲畜的骨头混在一起，埋于馒头山上，并在这埋骨地上方，专门建了一座塔，永世镇压，这便是镇南塔。元朝统治者想借此塔，使宋朝永不翻身。

1994年11月，凛冬将至之时，我们找到了一个关键坐标——南宋的三省六部，之后开始了对杭州卷烟厂基建工地半年多的考古发掘，以南北走向的大马厂巷为界，分东西两区进行发掘，直到次年五月才告一段落，初战告捷。2003年寒冬腊月，我们再次进驻严官巷考古工地，一开工又是大半年。这两次考古发掘可算是满载而归，发现了南宋三省六部官衙的基础建筑及北围墙和界河遗迹，确定了三省六部官署北界的确切位置。此后，根据传世的南宋临安古地图，我们以三省六部为基准点，推断并印证了许多重要的遗址和遗迹。

经冬历夏，我在考古前沿阵地持续奋战，见识到众多墓葬和遗址，积累了考古经验，也开阔了眼界。1995年5月，组织任命我为杭州市文物考古所副所长兼法人代表，主持实际工作。这既是沉甸甸的责任，也是对我的信任，幸不辱命。这一年，我主持发掘的"杭州市中山南路南宋赵氏太庙遗址"入选了"1995年度全国十大考古新发现"。这是荣耀，也是鼓励，让我更加脚踏实地去追索历史真相。

2001年是个丰收年，我主持了"浙江杭州老虎洞南宋窑址"和"浙江杭州南宋恭圣仁烈皇后宅遗址"两处重要南宋遗址的发掘，它们在"2001年度全国十大考古新发现"奖项中，占据了两席。

两年后的春天，杭州飞云江路改建，工地上又有重要发现。我第一时间带队突击，进行抢救性考古发掘，清理出残存的钱塘江捍海塘遗迹，以及东侧泊船的小码头。

这种鱼鳞式捍海石塘最早在明嘉靖年间出现在钱塘江边，一直沿用至中华人民共和国成立前。捍海塘，顾名思义，是防止海潮侵袭的堤，是海与岸的分界线，它决定了城市的边界，是古杭城的"生命防线"。钱塘江入海口因地理环境特殊，潮水汹涌澎湃，破坏力极大，早在两汉时期，钱江潮患就见于史书记载了。因此钱塘江两岸的筑塘工程关系到社稷民生。可以说，若没有对钱塘江的治理，就没有今天的杭州城。

《水经注》引《钱唐记》载，汉代有个叫华信的地方官，为防潮水内灌，计划在县东一里许筑堤。开始时，他到处宣扬，谁能挑一斛土石方到海边，就赏一千钱。这可是个大便宜，江边很快挤满了挑土过来的百姓。谁知塘还没修成，华信竟然停止了收购。人们负气而走，岸边却留下大量倒掉的泥土。没有酬劳，谁乐意将土原路挑回去？华信利用免费得来的土料，终于建成了海塘。

此后，唐、五代十国、宋、元、明、清时期沿袭旧制，主政者均在杭州修筑海塘，其中，五代十国吴越王钱镠所筑的捍海塘最负盛名，"钱王射潮"名垂青史。1983年初，五代钱氏捍海塘遗迹现世，而我们这一次的发现使海塘更为完整。但这也意味着还有宋、元、明三朝的海塘等待我们去调查，去发现、发掘，以进一步丰富杭州的海塘历史。

2004年,我们发现了著名的"浙江杭州严官巷南宋御街遗址",入选了"2004年度全国十大考古新发现",依此而建的南宋御街步行街也成为杭城一道新的风景线,吸引大众探古寻今,沉浸式体验宋韵文化。在我担任杭州市文物考古所副所长期间,这是我最后一次获得"全国十大考古新发现",这项荣誉为我的考古所工作画上了圆满的句号。2005年,我有幸被评为浙江省首批特级专家。

杭州事业单位间一直有换岗的传统,我也经历了几次。2005年9月,我被调离杭州市文物考古所,转战杭州市文保所,担任所长。这令我百感交集,一方面,我对考古所恋恋不舍;另一方面,感到"压力山大",因为文物保护责任重大,管理难度也更上一层楼。诸多文物保护单位散布在城中老区的街头巷尾,周边环绕着五花八门的民房,存在严重安全隐患。那时,每每听到路上消防车呼啸而过的警笛声,我的心都不由得揪起来,生怕有文物保护单位被殃及,发生火灾。

2006年是硕果累累的一年,杭州市文保所顺利完成了浙江省高等法院及杭县地方法院旧址"红楼"、杭州孔庙碑林、求是书院旧址这三处省级文物保护单位(杭州孔庙碑林、求

湖墅南路地下挖出的建筑石件，据推断，为吴越国时期的文物，现存放于杭州南宋太庙中（田建明 摄）

是书院旧址于2019年被认定为全国重点文物保护单位）的修缮保护工程，在此基础上，我主持编撰了《杭州古建维修》一书。孔庙的修缮工程难度极高，让我记忆犹新。2006年7月至2007年5月，我们对大成殿，天文星象馆，东、西碑亭和史实廊等建筑进行了全面修缮，使孔庙的整体面貌大为改观。大成殿经过近一年的整修，重现昔日的庄严、挺拔，焕发了新的生机和活力。大成殿内的彩绘是传世的稀世珍宝，我们想尽办法，以传统修复技术加上多维度的现代高科技手段，对其进行了全方位、高效的修复和保护。先人留下的文化遗产经我们之手完美传承，是修缮中最令人欣慰之处。

通过一年多的文化遗产保护工作，以及在著书过程中的资料收集工作，我意识到，杭州还有大量的遗址遗迹需要维护修缮。而年轻时骑着自行车在杭城大街小巷转悠时，我曾见到过很多名不见经传的遗迹，它们若得不到及时的保护，很可能在城市日新月异的变化中就无声无息地消失了。

保护它们刻不容缓。2007年，杭州市积极组织开展了第三次全国文物普查，普查面积16596平方千米，完成乡镇数198个、行政村2397个、自然村12500多个。我与同事们踏破铁鞋觅遗迹，在杭城山水之间找到了大批珍贵的文化遗存，使杭州市在新发现的文物数量、质量和类型方面取得了可喜成绩，按规范标准登记不可移动文物 11134 处，其中新发现文物 9914 处，复查文物 1220 处，包括古遗址 407 处、古墓葬 683 处、古建筑 6738 处、石窟寺及石刻 155 处、近现代重要史迹及代表性建筑 3005 处、其他类文物 146 处，成果涵盖六大类型 57 个子类，真是收获满满。在这一年，我开始享受国务院政府特殊津贴。

岁月荏苒，又是十载匆匆而过，2015 年，我再度换岗，担任杭州博物馆馆长。2018 年，我们成功推出了展览"月隐天城——杭州市朝晖路窖藏出土元代瓷器展"。展出的 54 件文物都来自 1987 年杭州朝晖路出土的元代窖藏，集龙泉窑、霍县窑、磁州窑、景德镇窑的瓷器于一室，其中有模印三爪、四爪、五爪龙纹的枢府瓷，釉里红杯，孔雀蓝釉爵，各色瓷器琳琅满目，甚至有一个寓意独占鳌头、指日高升的元青花笔架。我认为，这些是当年进贡的御用瓷，只是遭逢天灾人祸，被偷藏在地窖中，沉睡了几百年。值得一提的是，杭州博物馆也在 2017 年被评为"国家一级博物馆"。

如今，我仍然充满激情地在考古学的海洋中继续航行。几十年的工作生涯中，我始终怀揣着对考古学的热爱和追求，

元青花笔架

在探索中拨开迷雾，感受人类智慧的光芒。我对考古充满了期待和渴望，它承载着人类古老文明的瑰宝和历史的秘密，而我也在探索中发现了属于自己的珍贵宝藏——那些美妙激动的时刻，那些令人难忘的震撼，还有考古人深藏心间的使命感。

前些年，偶然遇见当年高复班的语文老师，聊起我这些年的际遇，他忽然问我，是否还记得当年那篇作文《我的理想》。我怎会忘记？那一年，我的理想是成为一名考古学家。

儿时田园牧歌的岁月早已远去，追忆往昔，那个望着大山异想天开的孩子，已实现了他的梦想。我将满腔热忱都献给了考古事业。

能取得今天的成绩，也离不开家中一位长辈对我的守护。

我家亲眷众多，父母亲多年来却一直只要求我过年时必须去姑妈、姑父家拜年。我只知每次去总能得到很多好吃的，却不知其中深意。直至姑父去世时，母亲才抽泣着将陈年旧事娓娓道来。

原来我幼年体弱多病，但不久都会痊愈，只有一次，连续三天高烧不退，水米不进，烧得神志不清，连连说胡话，一家人的心都揪了起来。那时老家的医疗水平和设备都落后，父母束手无策，一筹莫展。

姑父将病重的我接回他家，悉心治疗。姑父认真挑选各种珍贵的草药，混合在一起，每日煎药。厨房的火炉上，火苗跳跃，药汤沸腾时咕嘟作响。火苗舞动间，药香弥漫，药汤上浮出细腻的泡沫，逐渐形成了厚厚的药渣，在药汤中悬

北京大学图书馆前留影

浮、沉淀、凝固。我便在这一次次"沉浮"中,在姑父的看顾下,喝掉一碗又一碗苦口良药。奇迹真的发生了,我大难不死,一天天好起来,最终痊愈。

岁月如梭,昔日羸弱的少年渐渐长成身强体健的年轻人。农忙时节,我放下书本,走入田间地头,和家人们一同辛勤劳作,放牛、喂马、劈柴……干各种农活。儿时的虚弱无力都被抛在身后,一个崭新的我行走于世间。

那次高烧,烧得昏天黑地,死生之间,竟将身患重病、姑父治病、大难不死的那段记忆,完全抹除在了记忆里,像大漠里扬起的一缕黄沙,随风消散在茫茫的天地间。母亲看着我茁壮成长,既欣慰,又感恩,感激当年姑父的默默守护,让我从虚弱无力到充满活力和希望。

旧事重提,我却是第一次知道,原来曾经有一个人这般爱护我,顿时唏嘘不已,终于明白了父母亲的良苦用心。他们一直希望我知恩图报,在姑父的有生之年,能多陪陪他。若姑父见到今日的我,想必也能安心、快慰。我深信,姑父一直在守护着我,庇佑并激励着我前行。我将姑父的爱藏于心间,为了自己和家人,为了不曾放弃我的姑父,砥砺前行。

业余时间，我喜欢动动笔头，将多年实地考古的经历和心得写成文字，编撰成书。2018年，我的专著《南宋都城临安研究——以考古为中心》荣获第二届中国考古学大会研究成果奖——金鼎奖。

此书凝聚了我在杭州城市考古中的收获和思考，书中展现了临安城考古工作的成果，系统介绍了南宋临安城的布局特色。

考古传承须百年树人

"来到浙大城市学院，我会把我这一生经历的事都讲给学生听。"这是我当年的初衷与决心。2021年6月，我已到了耳顺之年，告别了我热爱并为之奋斗一生的文博一线，来到浙大城市学院。在这所京杭大运河畔的高等学府，我又踏上了新的征程——筹建考古系。我虽已无力再于田野间挥动铁锹、锄头，冲在考古第一线，然而换一种方式继续从事我自己喜欢的事业，也是我考古生命的延续。在浙大城市学院建设考古专业，培养出一代又一代懂技术、爱考古的后辈，是我为热爱的事业继续尽心尽力的良机。

全国的高校中，设置考古专业的并不多，即使具备相应的资质，也要有人力、财力、设备和技术支持，并且这些都需要时间来一点一点积累。此外，良好的学术环境也必不可少。当然，更重要的是，有能近距离接触到的考古遗迹和遗

浙大城市学院聘任仪式

物，才能培养出一代又一代踏实的考古人，而不是纸上谈兵的学术家。有人曾经调侃，每所设立了考古系的高校中，考古系是全校最富有的，因为珍藏着诸多价值连城甚至有价无市的国宝级文物。却也因为这些文物日常的维护需要大笔开支，而师生外出考察、进行考古发掘也需要资金支持，所以考古系常常因经费不足而捉襟见肘，四面求告，以征得八方援助。浙大城市学院设置考古专业的决心令我由衷赞叹，一所高校的考古系从无到有，需要几代人的心血和积累，没有足够的勇气与魄力，没有充分面向历史和未来的思维，是办不起来的。浙江是文物大省，杭州是考古名城，若能成功，浙大城市学院考古系将为杭州乃至浙江的考古事业输送新鲜血液，培养一代又一代的考古精英。

浙大城市学院创新精神与人文关怀兼备，考古系经过紧锣密鼓的筹备，短短两年便引进了十余位考古相关专业的优秀教师。与此同时，先进精密的仪器也一批又一批地运进考古实验室。我们在相对短暂的时间内，就初步完成了专业教室和学科团队的建设，我们崭新的考古设备都是参照国内一流院校考古实验室的配置，征求多位有经验的同行的建议，通过多方调查，最终购得的最先进的设备，相比大部分高校的考古专业的设备都具备优势。因此,一个合格的考古发掘资质单位应具备的配置,在短时间内,我们全部一步到位了。这些都是我们的学子们未来驰骋于田野,对考古项目进行发掘、探索的利器。

一个稚嫩的专业刚刚起步,要如同小苗般茁壮成长,需要土壤肥力十足,也需要和风煦日的照拂,更需要优秀的园丁悉心守护。我们参照国内著名院校优秀考古专业的学科设置,合理安排学生的专业课程,并邀请全国知名历史学者担任考古断代史课程的主讲人,在培养起同学们兴趣爱好和扎实学问功底的同时,也为我们考古专业的年轻老师们提供标杆,使我们的考古专业基业长青、人才辈出。

在大众认知中,考古学一直是个"冷门"学科,然而当前正是考古专业就业的黄金期。随着国家对文化事业的重视,越来越多的新博物馆在城市中落成,各地考古所和文物局对优秀专业人员的需求都在成倍增长。随着城市建设的不断展开,考古遗迹也频繁地与大众不期而遇。即使是已经发现的遗迹,一方面由于技术限制,另一方面由于人手不足,只能挖出来看了看,又很快进行回填保护,没有精力全面考察。专业人员缺乏反映出考古学科的发展尚未跟上考古事业的发展,全国各高校考古专业的毕业生在应届生中的比例微乎其微,整个浙江省内从事考古工作的人大概不超过两百人,由此可见,考古人才极其缺乏。几十年寒来暑往、披星戴月的考古工作中,我深切体会到社会发展带来的巨变,变化不仅仅体现在更加明朗的就业环境上,更体现在一些貌似"冷门"的专业,比如考古行业的工作环境在跨越式改善。时间如不舍昼夜的川流,一刻不停地滚滚向前。科技作为第一生产力,提升的不仅仅是流水线上的生产力,也改变了无数在深山黄土中埋首发掘的考古工作者的工作方式。往昔的考古工作风餐露宿、日晒雨淋,一个个考古人怀揣着高超的考古技术,也干着最辛苦的力气活。但时移世易,现今考古人的工作条件借助科技的不断进步,早已经焕然一新,科技既可以节省更多的人力,又可以在更好地保护遗址遗迹和文物的同时,也保护着冲在一线的考古工作者们。考古人"喝风吃土"的岁月过去了。

浙江山秀水美,在茫茫高山碧波中,蕴藏着千百年澎湃不息的文脉。从完整的新石器时代文化序列、源远流长的陶瓷历史到厚重绚丽的城市文化,从今以后,这些都与浙大城市学院考古系学子们的文化特质息息相关。考古人是与历史时空打交道的穿越者，提升学术水平和技术本领，是浙大城市学院考古系学生们学习与成长的必由之路。陶瓷考古和城市考古，是浙大城市学院考古专业的特色学术方向。我由衷地希望我们的学生们学有所成，成为优秀的考古人，如同我和我昔日的同事们一样，将热爱献给历史文化，深入田野，探寻千百年前的文明与辉煌，为浙江的陶瓷考古、城市考古翻开新的一页。

有待探索的考古未尽之谜

如今，每当我参观南宋官窑博物馆、郊坛下窑址和杭州博物馆，自豪感总会油然而生，因为很多展品是我亲手挖出来的，我带它们重见光明，看到它们，我仿佛看到了老朋友。当然，取得这些成绩光靠运气是不够的，更多时候需要付出比别人更多的努力，不仅要对杭州的历史、地理非常熟悉，更要善于观察与思考。

考古工作是艰苦的，也是让人迷恋的，我即使已不在一

皇城西城墙内侧包砖

线，依旧在不断思考，对杭州考古有着若干设想：

其一，浙江省军区后勤部仓库的南宋皇城核心区域遗址的发掘。由于历史遗留问题，如此重要的南宋皇城遗址仅进行过三次小规模发掘，考古工作尚未完全展开。1992年，在省军区后勤部仓库被服厂前，杭州市文物考古所清理出两座大型夯土建筑基址，台基外侧用砖墙包砌，部分模印有"大苑"等字样。1996年，我们又找到了一处南宋时期砖砌道路遗迹，结合以往考古调查，根据道路走向，我们终于确定了这条铺设整齐、考究的砖道，正是南宋时由皇城宫殿区出入南宫门丽正门的主通道。2004年，我们又在仓库院内发现了若干处夯土台基，它们不仅质量高，而且保存得十分完好，其中五处夯土台基较大，还有三处水池遗迹。结合史料和前期考古调查，以及其他宋代遗迹的特征，我们大胆推测，此处便是南宋皇城的主要宫殿区。根据南宋皇城前朝后寝的布局惯例，杭州市美术职业学校与市中药材仓库一带应是南宋皇城后宫区。时至今日，这一区块仍有待深入的考古发掘，期待南宋皇城深宫的真面目早日重现于世。

其二，南宋皇城北门和宁门遗迹的发掘。经过前期的考古调查，我们已大致确定了丽正门与和宁门的位置——丽正门位于杭州市上城区宋城路与笤箒湾交叉口西侧约40米处，叠压在一幢二层民房下，然而因地势较低，地下水位高，容易积水，发掘和保护难度很大。和宁门作为皇城北门和御街的起点，与南门丽正门同样举足轻重，它是南宋文武百官进宫朝见的必经之路，和宁门外，更是南宋临安城商业和文化的繁盛之地。根据《都城纪胜》记载,"自大内和宁门外,新路南北,早间珠玉珍异,及花果、时新、海鲜、野味、奇器,天下所无者,悉集于此"。和宁门在杭州市上城区万松岭路与凤凰山脚路交会处以南约100米处,地势较高,不易积水,开展考古发掘工作会顺利很多,保护工作也不难。两相比较,继续对和宁门进行勘察相对容易,坚持下去必有收获,更能产出理想的成果。

其三,馒头山南宋遗迹和元代镇南塔的发掘。早在1993年,杭州市文物考古所就清理出了此处的南宋遗迹,发现了元代镇南塔。我们推测,馒头山气象观测点便是元代镇南塔的位置。馒头山地势高,遗存埋藏较浅,又保存完好,发掘工作难度不大,却意义重大,它也是南宋临安城考古拼图的重要部分。

其四,南星桥货运火车站多重历史遗迹的发掘。此处由多个年代层叠加,可谓多姿多彩,有吴越国的捍海塘,南宋京城、皇城的城墙,还有从丽正门途经嘉会门通往郊坛的通道,位置重要,值得发掘,能够多维度展示杭州丰富的历史文化底蕴。

其五,杭州植物园周边南宋墓葬的勘查。西湖区的桃源岭环境清幽，又符合古人崇尚的陵墓风水格局，极有可能埋藏着南宋达官显贵的墓葬。杭州植物园是森林资源保护区，因此尚未进行过考古调查，但附近的浙江大学欧阳纯美科学楼原址曾发现过南宋墓葬，出土器物精美绝伦，那么植物园区是否也会有让人惊艳的埋藏？这些等待我们去探索与追寻。

第一章 小竹片 抠出一座战国大墓

千年瓷乐器的惊险之旅

1990年,是我进入杭州市文物考古所的第五个年头。那年,我三十而立,是考古所中一个资历尚浅的年轻后生。

三十四载转瞬已逝,如同南柯一梦,忆起那只战国水晶杯,我心中至今依然激荡不已。它安安静静地在黑暗的泥土中沉睡了2500多年,一朝出世,风采依旧,璀璨耀眼。冥冥中似有神明指引,凭着一种坚定的信念和一腔孤勇的自信,以及过硬的专业基础,加上一亩地犁到头的牛脾气,最终在当年长满了香薯的半山镇(今半山街道)石塘村的一片地里,我发现了让海内外震惊的战国一号墓,令这件国宝级文物——战国水晶杯重见天日。

那一年,一套珍贵的原始瓷乐器在机缘巧合下重现人间,却迅速地失踪了……

1990年的夏天，杭州市半山镇石塘村黄鹤山下的砖瓦厂中，几个工人正依旧如往昔一般挥着铁锹、锄头，汗流浃背地在烈日下取土，然后再开手扶拖拉机运土去制砖。突然，一个挖土的工人"哎"了一声，并伴随着像是金属碰撞发出的"铛"的一声，他的铁锹碰到了一块硬物。几个工人同时看过来。那工人觉得蹊跷，便放轻了动作，终于挖出一个物件，似陶非陶，似瓷非瓷，完好无损。周围的几个工人早就放下手中的活儿，兴冲冲地围拢过来。这东西形似台灯的灯罩，却在顶端有一个古色古香的孔洞，像是被悬吊着使用的。其中一个老工人虽然看不懂这是什么东西，但隐约觉得这是个值钱的宝贝，一拍掌："这下发财了！"他随即压低声音，向左右看了看，确定周围没有其他人，接着说："这东西像个老物件，保不齐能卖大钱，咱们再挖挖，说不定还有。"说罢，工人们就你一锹我一锹地干了起来，而这一挖，竟然挖出了一整套。"这……这不会是编钟吧？"有个工人在电视里见过曾侯乙墓的报道，认为这形状与路数，八九不离十就是编钟。几个工人虽然没什么文化，也并不能确定这些类似编钟的瓷器，到底有多大的价值，但看那通体的气派，几人都意识到，这东西绝对不简单。当晚，趁着夜色，他们将这些编钟小心翼翼地藏在砖瓦厂中最隐蔽的窑里,又心急火燎地搭上了一个相熟的当地古董商,还有两个为上课购买教具的杭钢中学(今杭州北苑实验中学)历史老师,谈好价格。第二天,天还没亮,一辆小车悄悄地驶出砖厂,神不知鬼不觉地拖走了这批埋藏千年、刚呼吸到新鲜空气就被藏得严严实实的宝贝。

然而在另一头,工人们不知道的是,一个石塘村的村民早就将他们的所作所为看在眼里——前一天他们挖宝贝时,太过得意忘形,并没足够留意周遭环境。这个路过的村民,看着几个人挖出奇怪的物件,原本想上前看看,却见他们行踪鬼祟,便躲在一旁,悄无声息地目睹了全程。后来见几人将文物藏起来,村民想起村里的干部曾经做过教育,地里发掘出的东西要上交国家,于是,村民便向村干部进行了举报,村干部又立刻向有关部门报告。

得知这一事件,所里高度重视,立即又汇报给了上级文物部门。杭州市园林文物局保卫处的民警同志尽管迅速出警,却还是迟了一步,几个工人早就和编钟一起没了踪影。后来,经过连续几天缜密的走访、调查和取证,警察找到了已经回到老家,并且喝庆祝酒喝得烂醉的当事工人们。当警察问及他们为什么在繁忙的夏季突然回到老家,有工人竟慌不择言说是回家过年,真是令人啼笑皆非。就这样,在警察的审问下,工人们的心理防线被攻破了,警方又顺藤摸瓜,找到了收购编钟的古董商,人赃俱获,追回了命运坎坷的部分编钟。

而两位杭钢中学的历史老师,在经过教育之后,也意识到这些编钟是极为珍贵、难得的原始瓷乐器,是古代文物瑰

20世纪90年代的杭州城北弄堂(吴海森 摄)

宝，便主动上交。至此，这几个几千年都一直在一起的老伙计，经过短暂的分别，终于重新聚首。

今天若来杭州旅游，杭州博物馆不容错过，而在战国陶瓷器展厅最显眼的位置，便放着这套有着传奇经历的原始瓷编钟。说起编钟，大家最为熟悉的恐怕是曾侯乙编钟。

编钟通常是用青铜制作的，曾侯乙编钟便是如此。可半山出土的编钟却是用原始瓷制作的，不细看还以为是一个个做腌菜的陶缸。原始瓷，介于陶和瓷之间，早在商周时期已有。众所周知，瓷与陶用土不同，工艺不同，烧制的温度也不同，因此，由陶到瓷的过程中，处于过渡阶段的原始瓷，虽然还处于瓷器的低级阶段，却有着非比寻常的文化价值，标志两个时代工艺文化跃迁中质的飞跃节点，而原始瓷编钟这样的大件，也体现着原始瓷工艺日趋成熟，中国瓷逐渐走向新时代。

收获如此巨大，我非常欣喜，在欣喜之余，心中隐隐有着更高的期待。如此珍贵的原始瓷编钟成套出现，怎么可能是机缘巧合？它们如此完整，却没有经过特殊包裹，应该不是传世后被收藏家藏匿于此的，它们应该是祭祀时留下的物品，而且并非来自墓室，因为墓葬的主要结构还深埋在工人们取土地点的地面之下。能够配有这般规格祭祀器、礼乐器的墓葬，一定是大型墓葬！不仅如此，根据砖瓦厂附近的村民和工人们的说法，这里本来有一个大土墩，不过已经被取土破坏了，按其所述规模，也佐证了此处可能是战国时期的大墓，而周围发现的其他土墩说明了附近可能还有墓群！也许还会有其他更珍贵、更让人惊心动魄的发现！

我心中止不住地激动，于是和同事们讨论，希望能够继续挖掘下去，探究到底。同时，也向上级做了汇报，争取上级的支持，对此地进行田野考古发掘，并拓展考察范围。同事们七嘴八舌地讨论了一圈，大部分人觉得那里有砖厂，天天挖土造砖，在周围掘地三尺，也只挖出过这些原始瓷器，这次收获如此巨大，已经是非常幸运了。况且所里人手紧缺、经费紧张，眼前这些原始瓷器的研究工作也不容小觑，还是先抓紧这个研究课题为妙。也有少数同事觉得我说的有一定道理，但也仅仅是赞同，对于进一步发掘，考虑现实因素，他们也只能持观望态度。领导听取了基层同志的意见，也觉得继续挖下去劳民伤财。

那些天我吃不香睡不好，这件事一直纠缠着我，让我心乱如麻。能使用这种大型原始瓷礼乐器的人，怎么忍心只将它们胡乱埋在地下？如按我的推测，这些东西是祭祀品，那么那里一定有大墓，要是大墓被盗墓贼或是居心叵测的人先发现了，后果将不堪设想。寻找和拯救大墓的念头在我脑海中萦绕不去，简直成了心魔。

这种信念驱使我不顾夏日炎炎，白天一有空闲时间，就乘坐12路公交车前往石塘村，顶着暴晒，在田间地头东抠抠、西踩踩。我有一股牛脾气，拧劲儿上来，一条道儿走到黑，八匹马拉不回。经过若干次田野勘察，我对这里的环境越来越熟悉，我分析当地的地貌风物：石塘村依山傍水，考察地点位于山北水南，是藏风聚气的极阴之地，为古代墓葬选址佳处。这使我越发坚信自己没错，我决心要继续走下去！

考古挖掘需要一定的经费，人力物力、相关器材、运输和保护措施，都要真金白银地投入，不是小孩过家家。改革开放初期，所里经费很有限，领导不同意也有一定的道理。向所里领导申请这条路走不通了，我不管不顾，直接跑到杭州市园林文物局，敲响五年前收我入考古所的时任副局长陈文锦的办公室的门。我的内心忐忑不安，这属于越级上报，但同时，坚定的信念和一段时间来所掌握的种种线索和证据又给了我无比的勇气。陈文锦副局长打开了门，亲切地接待了我，而对于我的来意，他似乎并不感到意外，原来从砖瓦厂工人卖宝到追回文物，再到后来考古所中的不同意见，他都有所耳闻，我不禁赞叹他体察入微、洞若观火的能力。于是，我承担着让顶头上司不高兴的风险，向陈文锦副局长求助，力陈要继续挖掘下去的理由，一定要争分夺秒，赶在更大的破坏之前拯救这些古代文化瑰宝……

这次"先斩后奏"最终得到了局里的认同与鼎力支持，竟然争取到了2000元的工作资金。那时候的2000元，至少相当于现如今的十几万元。

经费解决了，接下去就是清理现场。在我再三勘定的目标地段上，还长着郁郁葱葱的香薯。这倒不是难题，我既然都越级上报了，索性独行到底，便自作主张，代表考古所与当地菜农姚文松达成赔偿协议。

万事俱备，我摩拳擦掌，准备开工。

有了钱有了地，在我的软磨硬泡、积极动员下，所里的领导和同事们也终于认可了我的决心，我们的抢救性发掘开始了。经过了几个月的前期准备工作，挺过了最难挨的炎炎夏日，在秋风送爽的10月底，考古队进驻石塘村，开始了为期两个月的艰苦工作，这也是一场快乐的考古发掘之旅，让我与那件稀世珍宝结下了旷世奇缘。一座已经沉睡了两千多年的残破古墓，在一个明朗秋日重见天日了。

这座惊世大墓，就是当年轰动九州的半山石塘战国一号墓。

战国一号墓

黄鹤山周围山岭起伏，苍翠林木如绿袍般裹覆着婀娜起伏的山体，西麓山脚下，繁盛的草木掩映下，一湾小小溪水，经冬历夏，亘古不变地微微荡漾着，映照出湛蓝天宇中的云卷云舒，半山石塘战国一号墓便在这片白云之下，黄土掩埋之间。今天，从市中心武林广场一带坐着535路公交车，就能到黄鹤山了，它距市中心约20千米，是皋亭山脉的一部分，与半山、皋亭山南北相连，为杭州的北部门户。

黄鹤山上，一座雕像立于林间，王子安轻抚仙鹤，即将借灵山仙气，乘鹤飞升，又有"扬州八怪"之一金农的墓，足见此地文化底蕴深厚；山下，有座点将台，说明此地是兵家必争的战略要地。

黄鹤山下,郁郁葱葱的灌木与杂草间,辛勤劳作的农民们代代相承,日复一日地在这片土地上耕耘不息,他们何尝会想到,在这极为寻常的田间地头,自己脚下踩着的是一座埋藏着奇珍异宝的古墓。

砖瓦厂取土后留下的是一块长约 50 米、宽约 40 米的小平地,经过清场的地面,虽没有了杂物,然而砖瓦厂的手扶拖拉机曾经年累月地驶过,每日在这里来来回回,土地被车轮轧得犹如夯土城墙般结实。我们按照田野考古操作规程,布了一条长 20 米、宽 1 米的探沟。这只是个开场,之后考古队员们继续小心翼翼向更深的土层推进。此时,我们每个人都笃定,这下面一定存在着珍贵的墓葬,只要踏足发掘现场,全员放轻脚步,每一个动作都如同刑警进入犯罪现场般谨慎,生怕不留心损毁重要信息,或错过某个关键细节。

发掘工作开展一周后,我们已经发现了墓葬西壁。虽然锄头、小铲子都用得很顺手,我们却不敢有大幅度的动作,一个个蹲下身,恨不得贴在地上,一寸一寸地向下探索。去掉一层土后,便用平头小铲子,将整个新发掘的地层平面刮得平整如无波的湖面。这既是个力气活,更是个技术活,要

民国时期的皋亭山半山庙前（原载于《旅行杂志》1932年第6卷第6号）

拿捏好力度，如同拳术家出击，退敌而不伤人。如是往复，我们以耐心伴着汗水，一厘米、一厘米往下探究，挖一层土，就刮平一个面，确认没有遗物遗迹，也并不气馁，继续重复这般操作，一直向下延伸。手中的小铲子虽然是挖掘工具，于我们考古队员来说，却好比姑娘绣花的针，我们如穿针引线般轻手轻脚，全神贯注，用足了细腻的虚劲儿。

待我们蚂蚁啃大象般清理掉将近一米厚的土层，地下谜题才终现真容——一座已被破坏的古墓。

继续艰难地清理出墓葬轮廓后，我们便开始进行揭顶式发掘。果然不出我所料，一些原始瓷相继浮出土面。然而，更令我们大喜过望的是，墓葬中竟出现了黑色的木炭渣！

那是一个秋日的傍晚，将近 4 点钟时，太阳便已西斜，天色灰蒙蒙中透着丝丝凉意，阵阵晚风吹来，吹落了沟壁的干燥泥土。劳作了一整日，我感到疲惫，又被凉风一吹，略感饥饿。天又快黑了，我心中有点不甘，难道今天又是一无所获？想到此，我不禁又鼓足了劲儿，小铲子一点点继续探查。深度已有一米多。忽然，一个队员"咦"了一声。我们循声望去，发现他挖出了一些黑黝黝的东西。全员围拢过去，惊喜地发现，这黑色的东西竟然是木炭灰末。我捻起一些木炭灰末，手指尖略微颤抖——真是功夫不负有心人！这些在寻常人眼中如同垃圾的木炭渣，在我们眼中，却是极重大的信号，是我们每一个考古人苦苦追寻的"宝贝"！

如今家居装修的时候，很多高级的实木地板下，都垫有木炭。木炭不仅能防潮防腐，还可抑菌防虫。墓葬同理。然而在古代，能用得起木炭取暖的，都是有一定经济实力的家庭，老百姓只用得起粗柴。若将取暖的木炭用于墓葬，那不是巨富之家，便是皇王贵胄。热衷于考古的人，只要见到土层中有木炭，那毋庸置疑就可以判断出，其下的墓葬主人身世非凡。

我的感觉没错，这真是次神奇的体验！到目前为止，一切都在我的意料之中，可接下来的发现，却在意料之外，是我始料未及的。那件两千年不世出的珍宝，美轮美奂，价值连城，是我之前屡屡在梦中神游这座古墓时，都没能梦到的。

我们苦苦追求多日，马上就要见到魂牵梦萦的成果了，每个人心中的激荡可想而知，然而毕竟是专业队伍，临门一脚时不能慌、不能急，还得压住阵脚。我强压内心的狂跳，告诫自己：不要急，急不得，要小心加小心！拿着小铲的手微微颤抖,为了防止损坏地下的珍宝,我放下了它。我从山上砍来竹子,先切削成竹片,再用小刀三下五除二削尖了其中一头,做出终极武器——一头削尖的竹篾片,就像医生的柳叶刀一般,它可以胜任更为精细的工作。其他考古队员也纷纷效仿,用这些就地取材做出的发掘工具,几乎半蹲半跪,俯着身体,如同雕刻师般,一点一点地往下抠土!任凭时间流逝,我却已忘乎所以,一蹲就是好几个小时,几乎要与这块土地长在一起!

缓缓揭开泥土织成的面纱,这座古墓露出真容,果真不负众望。接下来的几日,考古队员们越发卖力,墓中出土了大量的玛瑙器、琉璃器和玉器,然而,更大的惊喜还在后面。

这一日,我们一如往日,小心翼翼地搜寻着更多的陪葬品。我的全部心神都沉浸在土中,手指间的小竹片刮擦地面,发出轻微的"唰唰"声,其他同事也如同我一般,无暇他顾,只专注于土地。突然,我眼前有什么东西闪了一下。我条件反射般停了手,深色的土中,一小块亮晶晶的东西折射着明亮的日光,映入我的眼中。此时此刻,我感到时间似乎静止了,听不到任何声音,只有眼前这个晶莹的物件。我探手过

木炭遗迹

去，几乎屏住呼吸，越发小心地继续抠开一点土，却没想到掀开了一大块。日光正照在那块剔透的东西上，一道刺眼的光芒差点晃花了我的眼睛，我瞬间眯起双眼，并在第一时间叫了出来。它晶莹剔透，半躲在泥土中，有些害羞似的，承受着一双双眼睛热切的注视。队员们原本整日闷声挖大墓，此时却雀跃着纷纷围拢过来，被隔离在人群外围的队员，只能边往里挤，边踮起脚，小心翼翼地往里看，他们七嘴八舌如同欢快的鸟儿："是玉器吗？""看着像琉璃呢……""有没有可能是水晶呀！"

我顾不上不住提问和猜测的同事，打算继续揭开它的面纱。它那么美，这时候也舍不得用竹片了，万一划伤了它，我岂不是要心疼死？直接用手指吧，如同为美丽的姑娘化妆一般，我一点一点剥开并拂掉覆盖在透明物体上的泥土。

在好奇心的驱使下，我仅仅花了十几分钟便使透明物件摆脱了那些污浊之物，它露出了真容——是一个杯子，通体呈淡淡的琥珀色，晶莹剔透，夹杂着像蚕丝、像柳絮、又像云朵的一点絮状物。它曾经静静地横躺在这深邃的泥土中，历经沧海桑田、风雨春秋，未受一丝侵扰。

然而看到它的造型，在场的人都是心中一沉，有的已经皱起了眉头，有的开始低声交头接耳起来。这不就是个现代的玻璃杯吗？难道墓葬已经被盗墓贼捷足先登了？他们在这里吃吃喝喝，遗落了一个扎啤杯？

但这一假设却经不住推敲。大家蹲成一圈，热烈讨论。有人说，这座墓葬上方的土层早已被拖拉机碾轧得异常坚实，我们挖掘多日，手都起了茧子，才挖了一米深，盗墓者为防被发现，一般都是速战速决，这里根本无从下手打盗洞，更加不可能使用炸药。也有人说，咱们发掘过程中可并未发现任何盗墓的痕迹，贼不走空，若来一趟，墓葬岂会如此完整，肯定早就千疮百孔了。

战国水晶杯出土现场

水晶杯默默无语，却似乎在聆听，它安安静静地躺在泥地上，映射出璀璨光芒，似乎想对我们诉说那几千年前的故事……

在这狭长的墓坑中，戴着草帽、满手泥灰的队员们，无一不激动不已，穿越几千年时光映射过来的光芒，使所有队员们的激情又一次迸发出来。即使疲惫不堪，即使再想多看一眼水晶杯，大家也没有停下手中的竹片，争分夺秒地抢着挖掘。墓坑内传来考古队员们此起彼伏的惊呼声，玛瑙器、琉璃器、玉器、原始瓷器……一件件珍宝浮出地面，沐浴在阳光之下。挖出最后一件器物后，考古队员终于如春雨后的苗木般，站起了身，挺直了腰，自豪地望着满地的累累硕果，辛苦了两个多月，终于苦尽甘来，打量着这座战国大墓，爽朗的笑声回荡在空旷的墓道中。

这座古墓形制规整，墓道呈斜坡形，古墓坐东朝西，面向高山，呈"甲"字形，封土底近椭圆形。整座墓东西长约40米，南北宽约25米，高近3米。墓坑壁及墓道两侧壁均经过拍打整修，平坦光滑。墓坑壁与地面近乎垂直。墓道呈东西向，位于墓室东壁正中。墓坑四壁均砌有熟土二层台，棺床两侧各有一条排水沟。整个墓室略呈西高东低，均铺有木

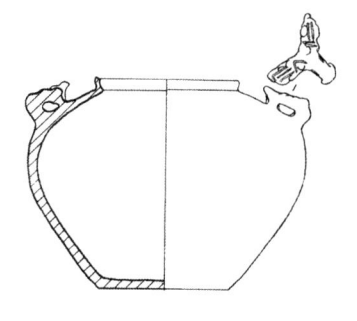

玉龙线绘图　　　　　　　陶罐线绘图

炭碎末。由于时隔太久，葬具早已腐朽，棺椁制式不详。

中国古代墓葬制度森严，战国时代，墓室仍保持商以来的形制，帝王级别一般享受"亚"字形墓葬，墓左右对称，中规中矩，四方延伸出四条墓道；王侯级别的墓葬一般呈"中"字形，中轴分界，配有前后通达的两条墓道；列侯级别的墓葬呈"甲"字形，只有前方一条墓道。半山石塘战国墓整体呈现"甲"字形,依据当时的墓葬制度,墓主人必定身份高贵。

战国水晶杯惊艳于世,珍贵异常,而墓内出土的其他随葬品件件精品,美轮美奂,体现出当时高超的制作工艺。半山石塘战国大墓里共出土随葬器物51件,按质料可分为水晶、玛瑙、琉璃、玉、原始瓷、漆器等。原始瓷器出现在墓室前区,玉器埋藏于中心区,四处散落的漆木器却因为岁月侵蚀,破损腐朽严重,难辨器型。

此次出土的琉璃饰件只有两件,分别呈圆形和方形,均有一孔贯通,采用了高级的镶嵌技术,在琉璃表面形成由蓝色圆点和白色圆圈组成的"鱼目纹",在内外套以彩圈,即是传说中的"蜻蜓眼"。

"蜻蜓眼",顾名思义,是以类似蜻蜓复眼的图案作为装饰的琉璃珠。目前世界范围内出土最早的蜻蜓眼琉璃珠出现于古埃及第十八王朝(公元前1550—前1307)。

这些来自远古的可爱小眼睛好奇地瞪着我们,而我们也好奇地打量着它们:这些美丽的花纹是如何呈现在坚硬又易碎的琉璃中的呢?它们是如何能出现在此墓中的?

除了水晶杯和琉璃珠,精美的玛瑙器也带来了惊喜。玛

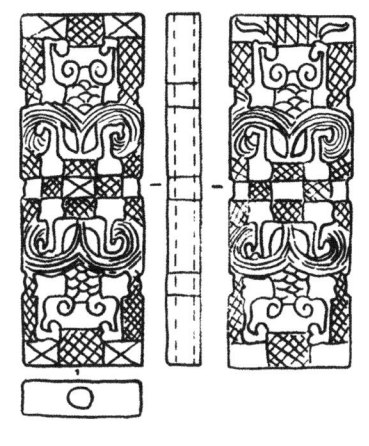

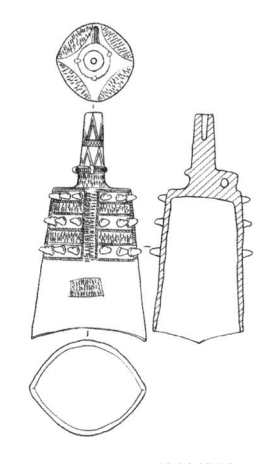

玉瑗线绘图　　　　　　编钟线绘图

瑙的莫氏硬度是7，与翡翠相当，极难加工。出土的玛瑙器器孔双面均琢成敞口，断面又近菱形，表面还经过多道工序进行抛光处理，将玛瑙天然色彩的缤纷妩媚体现得淋漓尽致。表面折射出的光泽简直令人移不开眼，整件器物让人爱不释手。当时能将玛瑙环做得如此精细规整，非常难得。

墓中玉器也令人欢喜。玉器可塑性强，这些玉件不惜人力，造型奇特、纹饰多变、独具匠心，体现了工匠们高超的技艺、丰富的创造力、追求完美的用心，以及非同凡响的品位。一只只玉质瑞兽栩栩如生，搔首摆尾地满地打滚，极富动感，仿佛吹口仙气就能活过来。玉件的花纹虽是单线，线条却如行云流水，柔美大方、恰到好处、繁简适宜，真是多一分则累赘，少一分则单调。墓中玉器的镂雕和微雕技术，体现了古代工匠精湛的技艺与艺术追求的执念。令我十分喜爱的是一件玉虎形饰，百兽之王虎爪微拢，血口微张，尾巴傲然上翘，虎鼻直挺，虎目圆睁，通体布满卷云纹饰的毛发，正是一只即将下山猎食的猛虎。有虎便有龙。墓中的龙形玉冲牙，张着血盆大口，现出锋利的獠牙，目露凶光，犬耳后抿，曲身俯冲，宛如一条出水蛟龙！

原始瓷可是我追踪这个大墓的缘起。墓中出土了大量的鼎、豆、杯、罐等，均是原始瓷器。除了于惊险中追回的那几件原始瓷编钟，我们在墓包填土当中发现了30多件原始瓷乐器，有甬钟、钮钟等。难道墓主如同曾侯乙一般，是个音乐发烧友？

墓中有件原始瓷甬钟给我留下的印象十分深刻。它形制内空，衡有圆孔，甬的上、下部刻画了两组蕉叶纹，间隔一周网格纹，甬干外沿贴饰了叶脉纹，颇具天然雕饰的气质。甬钟的正、背面各有枚18只，9枚一组，枚及鼓面部可见施釉痕。甬钟的旋、舞、钲、篆及鼓正面，均饰有戳印纹。整个甬钟造型雄浑端庄、精美大方、别具匠心，时至今日，观之似乎依旧能听见悠悠的远古钟声回荡在耳边。

稀世珍宝的三大谜题

水晶杯，作为这座墓最珍贵的出土物，也是它的代表文物。考古界提到半山石塘战国墓，无人不晓水晶杯。外观上，它看起来极简单，没有雕花镂空，也不镶金错银，器形略似于现今超市里几元一只的玻璃杯，第一眼差点被误认为盗墓者的遗留物，然而简洁正是一种低调的奢华，一种返璞归真的高贵。

水晶杯高15.4厘米，口径7.8厘米，底径5.4厘米，圈足高2厘米；杯形为敞口平唇，斜直内外壁，圆底，圈足外撇；通体透明，素面无纹，器表抛光；线条流畅，形态婀娜；杯底及中部飘着少许如冰似雾的海绵体状的自然结晶。如此高高瘦瘦、直来直去的杯子,又不加缀饰,简约大气,颇具现代极简主义风格,难怪会被错认。

"水晶"一词,最早出现在明代科学家宋应星的《天工开物》中,其记载道:"凡中国产水晶,视玛瑙少杀。"这说明水晶产量比玛瑙少,是稀有矿物。在更早的文献里,人们对水晶有不同的称呼。《山海经·南山经》称水晶为"水玉",意思是像水一样的玉。水晶又有"水精""玉英""菩萨石""千年冰"等美名,古人称赞它:"其莹如水,其坚如玉。"古人喜爱的工艺制品,一个重要的审美点就是透度。透,这是人们对光与美的追求,玉石、玛瑙如是,玻璃、琉璃亦如是,而完全通透的天然水晶,历朝历代都将其视为珍宝。在佛教信仰中,水晶可以净化心灵,开启觉悟与智慧,被尊为七宝之一。

水晶杯带来的谜题,并不比它带给我们的喜悦少。出土不久,我揣着满腹困惑,护送它到了北京,求助于中国社会科学院考古研究所的苏秉琦先生,请他给掌掌眼:这宝贝到底是什么来头?它到底是不是宝贝?当时,有苏先生和几位学者在场。苏先生将水晶杯捧在手里,抿着嘴,皱起眉头,上上下下、里里外外地察看，连海绵体状的自然结晶都不放过。他深吸一口气，缓缓说道："从没见过这样的东西，这个东西太神奇了。"其他学者也都围在一旁，随着苏先生缓慢转动水晶杯的动作细细打量着，嘴里同时喃喃道："没见过。"渐渐地，苏先生的目光中少了探究，更多的是带着爱意的欣赏，他拿着杯子反复欣赏了半个多小时，爱不释手。终于，他喜上眉梢，小心翼翼地捧着杯子，双手都有些微微颤抖，似乎是对我们说，又似乎是自言自语地赞叹："国宝！绝对的国宝！"

要知道，这件水晶杯是中国迄今为止发现的战国时期最大的水晶器啊！在北京期间，晚上，水晶杯被保存在故宫陈列部关强（现任国家文物局副局长）的保险柜里；白天，我又在同学顾玉才（国家文物局原副局长）的陪同下登门拜访了宿白先生，他同样惊叹于水晶杯的罕有，问及身边人，也说从未见过如此形制且大件的精美水晶器。

鉴于杯子的质地是天然水晶，两位先生都建议我找地矿部门去做鉴定。我又抱着水晶杯，匆匆返回杭州，踏进浙江省地质矿产厅（今浙江省地质勘查局）。地矿专家考察一番后，也颇为惊讶，即使是在20世纪90年代，国内的水晶矿也找不出如此品相的水晶——纯度极高，没有杂质，透度良好，石色柔和，少棉无裂，可谓完美无缺，单论材料都价值不菲。

即使又过了30多年，到了采矿科技高度发达的今天，国际贸易中虽舶来大量水晶原料，但这种品相的大块天然水晶也是凤毛麟角。然而，不能因此就断言古代没有这样的水晶原料，毕竟是在上下几千年、纵横千万里的华夏。只是迄今为止，尽管有诸多假设和理论，水晶原料的来源还没有确凿的证据，这是谜题之一。

第二个谜题，是水晶杯的制作工艺。水晶杯是由一整块水晶雕琢而成的，因此取芯是个大问题。水晶制品的出现时间很早，一些新石器时期遗址中就已出现水晶的身影。但直到战国时期，水晶制品仍多是小装饰品，比如带钩，再大也就是个几厘米见方的摆件。与水晶杯同时期或者更晚一些的时代，无论海内外，都很少发现这么大的水晶器物。曾在中国展出的阿富汗文物中，有一世纪时制作的水晶杯，精美程度不亚于现代工艺品，但是与战国水晶杯比，其高度只有战国水晶杯的一半左右。到了唐宋，水晶杯也是偶尔得见，并不多。南京长干寺地宫出土的宋代蕉叶纹水晶杯，其器口镶银鎏金包边，不仅为追求美观，也为实用，防止被磕碰，足见主人对此物的珍视。但由于是阔口的形制，其取芯的难度远不及战国水晶杯。大型水晶器物之所以少，不仅因为大块水晶原石难得，更由于水晶性脆，越大块，棉裂点越多，加工过程中极易功亏一篑。杭州地区的先民比如良渚人，虽然在制玉中习得了高超的钻孔技术，但是他们钻出的孔洞往往是直壁的，而这件水晶杯竟是斜壁的，上宽下窄，底下圈足上方还微微带着一点流线型的收缩，加工的难度系数比直壁的上升了何止三五倍？技术以外，更需要全神贯注的努力、精益求精的信念，它是良工巧匠们技术、力量与心血的结晶。

对于水晶杯的制作工艺，苏秉琦先生也有疑问，认为工匠可能使用了管钻法或金刚砂打磨这些玉器的制作方法。我觉得无论采用什么方法，虽叫"取芯"，却大致是打碎杯内材料后，使杯子中空，中间大块的优质水晶料在设计之初就是被舍弃的命运，足见墓主人的奢侈与大气。

抛光是第三个难题。虽说战国时已有不错的打磨技术，将杯子的外壁抛光相对简单，可这只水晶杯造型独特，不仅直径较窄，而且还上宽下窄，从杯口到杯底越来越窄，手都伸不进去，又是如何打磨到底的？况且两千多年前的古人，并没有高转速的电动抛光机，如何将硬度极高的水晶杯的内壁和底部打磨得这般光洁如镜、平整无缺，真值得探究一番。

半山石塘战国墓出土的这只杯子独一无二，其地位不言而喻，因而被列为我国首批禁止出国（境）展览的孤品国宝。

这种极重要的孤品文物，一般是不适合做博物馆展览的，万一馆内出了事故，后果不堪设想。因此我和同事们商量，能不能仿制一只水晶杯，用于日常展览，减少风险，又能让更多人欣赏到它。

同事们干劲十足，分头行动，联系了国内一些知名玻璃厂和琉璃加工厂，试图用现代合成水晶复制战国水晶杯，然而当时国内技术水平有限，普通合成水晶纯度不高，含有的杂质较多，成品与原作相距甚远，只好作罢。要问为什么不做纯度稍微高一点的？因为那样至少要花几万元（相当于如今的近百万元），不仅经费超支，且依旧会与战国水晶杯有差距，毕竟天然的纹饰和质感极难模仿，需要大量的尝试与研制。

很久以后，同事们曾请专家估价，同样一只高纯度水晶杯，原材料需要花多少钱？答案相当惊人：光石材就是无价的！而且，还未必能找到如此高档、优质的水晶。

可见，在战国时期，获得这样一块水晶，怕是要倾国之力，更不要谈技艺上的逆天难度。我们追寻探究几十载，不仅没能解开这三大谜题，还产生了更多的疑问：它是哪里制造的？何方神圣用过？又如何沦为陪葬品？它是一件朝贡品、战利品、贸易品，还是一件代代相传的遗物？

淡琥珀色的水晶杯沉静地承载着人们困惑的目光，不断引发各种遐想。我们犹如在做一场超越时空的幻梦，水晶杯折射出的千载光辉，引着我们走上穿越千载之旅。

墓主何许人也

黑炭封墓，成套的原始瓷编钟、举世无双的水晶杯、大量珍贵的珠玉随葬品等文物，拥有这一切的墓主人，究竟何许人也？

有人认为，他是秦始皇统一中国以后，第一位被派驻杭州的最高行政长官。然而从墓中的随葬品和墓的形制看，我更倾向于墓主人是先秦时代的。楚灭越以后，向杭州地区派出的那位最高行政长官，应该便是我们的墓主人。

20世纪90年代的杭州城北（吴海森 摄）

先秦时期，史籍上对杭州的记载并不多见。春秋时，对于杭州属吴还是属越，说法不一。到了春秋末年，吴王夫差伐越，越军大败，勾践退保会稽（今绍兴），当时吴越两国以钱塘江为界，杭州属于吴国，据说吴山就是当时吴国最西南的一座界山，吴山因此而得名。与杭州隔着钱塘江相望的萧山（今属杭州）越王城遗址，恰恰体现了当年越国屯兵驻防、抗击吴国的情景。越王勾践卧薪尝胆的故事大家都知道，后来，勾践通过多年的努力，最终灭了吴国，成为五霸之一，杭州也就理所当然划归到越国的疆域。

但是到了战国时，越国实力下降，且内乱频发，即"越人三世弑其君"：先是越王不寿在位满十年的时候，儿子朱勾杀死了自己的父亲，篡位登基；再是太子诸咎有样学样，包围王宫将越王翳残忍杀害；最后是越国重臣寺区的弟弟思将越王之侯杀害，转而辅佐无颛为越王。越国宫廷不断上演弑父杀君的戏码，导致凝聚力大打折扣，为它的覆灭埋下了伏笔。公元前342年，勾践的七世孙无疆即位。他总想着有朝一日能恢复勾践在世时越国的荣光，准备兴师讨伐齐国与楚国。但在齐使的游说下，无疆放弃进攻齐国，转而进攻楚国。楚威王大败越军，杀死无疆，全部占取越国及越国据有的吴国故地。越国从此分崩离析。同时,楚国北路大军也在徐州大败齐军,奠定了它在长江流域诸国中的霸主地位。也就是在平定越国之后,楚王委派亲信官员,前往吴越之地施政行令、驻军抚民。

以史实为背景,再来看墓中的种种迹象。其一,石塘战国一号墓的墓道对着山头,我翻阅了众多与此相关的考古资料,发现这种类型的楚人墓葬非常多,而秦人喜欢依山造陵,背靠青山,面对平原。其二,墓中的二层台、排水沟之类的设施,在越文化区内并不多见,在楚文化区中却屡见不鲜。其三,也是最重要的证据,即此墓葬中出土的很多器物,具有明显的楚国风格,而非秦风、越风。例如,在墓葬中出土的原始瓷器,基本都是礼乐器,如编钟等,形制、配套均与楚国的礼乐器大同小异。其四,墓中出土的漆器,纹饰也都是楚国风格。虽然墓中出土的玉器花纹为勾连云雷纹,是战国时期越地流行的花纹,但玛瑙器在江南地区较为罕见,可能是楚灭越后带入的东西。

战国一号墓规模不凡,占地面积堪比同期贵族王侯墓,具有"甲"字墓形制和黑炭隔层,特别是随葬器物,不仅数量众多,且极其精美昂贵,代表着墓主的高贵身份。多重信息叠加，显示此墓绝非一般平民之墓。

考古工作不能完全建立在理论和经验的推断上，我们也同时运用了三种技术手段，进行严谨的实验室鉴定。墓内所取木炭标本的年代，经中国社会科学院考古研究所碳十四实验测定，为距今 2252 ± 78 年；陶器标本年代经上海博物馆热释光测定，为距今 2380 ± 116 年；对水晶杯中的泥土，我们也做了孢粉分析，判断其年代是距今 2500 多年。由此可见，实验室测定数据与器物推定基本相符，古墓年代指向战国时期。综合理论研究、实验室测定，再加上两位导师的指引和诸多考古队同事的协助，我得出结论，墓主人应该生活在战国，且恰逢楚灭越的文化过渡时期，也是从陶器向瓷器过渡的原始瓷时期。

这座战国大墓已成为中国考古发掘史上浓墨重彩的一笔，它的发掘工作已告一段落，可在今天，它仍然引人遐思，例如前文提到的三大谜题，而这三大谜题又可以延伸出一系列课题。如果水晶材料不是国产，那它是舶来品？或者是海漂流落中国的外国工匠制造的？这些将会是非常激动人心的切入点，可能由此开启一个战国时期中外贸易的新课题。水晶杯是自西方跨越崇山峻岭，经蜀、楚而来，还是自日、韩经海路登陆我国？又或许是自西亚经南洋诸国入邦？仅是想象一下这种可能性，都令人心潮澎湃。

这座大墓，不仅带给我们稀世珍宝，也带给我们许多有趣又重要的文化历史问题，等待我们去发现、去解答……

在发现战国一号墓之后，杭州市文物部门又在半山石塘、刘文村一带展开大量考古工作，发现大量考古遗迹，构成了相对完整的战国时期半山石塘区域文物古迹网。

1990年12月至1991年6月，我又以石塘村为中心，南起刘文村，北至南山，沿320国道线做了大量的考古调查。调查发现，在南北长4000米，东西宽1000—1500米的狭长范围内，沿山坡（320国道线东侧）一带，战国、秦、汉墓冢都有，尤其以石塘、沈家浜东面的黄鹤山、皋亭山脚下最为密集，墓也最为高大。这一带长度25米以上、有一定排列顺序的墓冢共有30多座，毫无疑问，这里存在一个大型战国、秦、汉古墓葬群，而这些大墓的主人，其身份应该同战国一号墓的一般。

1991年初夏，我又在沈家浜村西台地上发现了一处汉至六朝遗址。遗址三面环水，一面为现代村落所压，其中发现有汉至六朝水井21口，井的底部还出土了几十件东汉时期的陶壶、陶缸、铜钱等物品，特别引人注目的是还发现了一座西汉晚期至东汉初期的建筑遗址。

这些发现，促使我思考一个史学界众说纷纭的问题——"钱唐故址何在？"

秦始皇统一六国后，于公元前222年，在今杭州地区设"钱唐""余杭"两县，隶属会稽郡。南朝宋文帝时期，钱唐县令刘道真在《钱唐记》中，主张钱唐县治在"灵隐山下"，此后历代史志大都沿袭其说。然而，综合地理环境、文献记载及考古资料分析，灵隐山下并不具备建县治的条件。

从我们发掘的周边区域遗迹以及文献记载出发，可推断刘文村、半山石塘、沈家浜、水洪庙、老鸦桥、南山一带，人口数量、生活水平、经济发展在战国时期都已经相当成熟。但此时的西湖尚是一个海湾，钱唐县当然不可能设在海湾口的浅滩上，灵隐山下的地块不具备设置地区的行政中心的客观地理条件。我认为楚灭越后，楚极有可能就在黄鹤山下石塘和刘文村之间设立了钱唐（唐代，因避国号讳，始改为"塘"）县或钱唐城，而秦始皇设置的钱唐县就是楚所设钱唐县的延续和发展。那么，我们战国一号墓的墓主应该就是战国钱唐县或钱唐城的行政长官或军事首领，其年代属战国中、晚期之间，埋葬年代在楚灭越后不久。这一推断直到今天还未有定论，但如果它在未来某一日得到验证，我们或许能在此基础上，有更多的考古发现，取得更大的成果。

第二章 惊鸿一瞥 邂逅了南宋太庙

紫阳山下旧相识

1994年的秋天，伴着满城的桂花香，时任杭州市文物考古所所长姚桂芳带领我们来到了杭州卷烟厂。这里原本如火如荼地进行着旧城改建项目，由于我们的到来，开启了大规模的考古工作项目——南宋临安城"三省六部"遗址考古发掘。根据《咸淳临安志》记载，"三省六部"位于临安城南部，皇宫大内之北。这次发掘面积较大，经历了一个严冬的奋战，直到1995年的春天，我们的发掘工作才基本告一段落，进入阶段性收尾。

1995年4月初，恰逢微雨纷纷的清明时节。"三省六部"遗址工地当时一般是8点半开工，但当天因为下雨，考古队员和参加挖掘的农民工都没到工地，我一个人也没办法工作，闲来无事，便到处走走。沿着杭州市第四人民医院旁湿漉漉的山道,向紫阳山上缓缓而行,想象着千年前徜徉在临安城中这条山路上时,那些南宋士大夫们的家国之心。

南宋时,紫阳山因紧邻太庙,被划为禁山,宋代的寻常百姓被禁止踏足此处。雨后山间的空气格外清新,到处都弥漫着清爽的气息,轻柔的微风带来了丝丝的凉意,让人心旷神怡。不一会儿,我就爬到了紫阳山上的江湖汇观亭,越过层层繁树的掩映,向东往紫阳山脚下俯瞰。山脚下,一大片旧城改造的拆迁工地,正在清晨炊烟袅袅中,开始一天的工作。

看着那片拆迁工地,我愣住了,开始在记忆中的地图里飞速搜索相关信息。突然,一个想法闪电般划过脑海:"这应该是太庙巷的位置!"我猛然惊觉,再无心散步,立刻沿着江湖汇观亭的山道,一路小跑下去,飞奔到了那片老房子前,果然是太庙巷!老房子的墙上写满了画圈的"拆"字。雨后初晴,农民工们已经开工了,此时正叮叮当当地拆房子。我身处一片瓦砾中,看着周边的断壁残垣,心想:呵,这拆建的规模还不小呢。

我加快脚步赶回单位后,立即向姚所长汇报了这一情况。当时杭州正在进行大规模的旧城改造,拆迁工地众多,而考古所人力有限，当时精力大多集中在挖掘已发现的重要的遗址项目上。姚所长一时间无将可派，只能让我一人先打探太庙巷拆迁归属哪家单位，尝试联系他们，看能不能说服他们，先进行考古挖掘。如今要进行拆迁，开工前需要走许多手续，文物部门审批也是一道重要流程，但那时不同于现在，建设规划部门可以直接审批，不需要经过文物部门，因此我们要进行发掘工作，还要主动去沟通。

我立即展开行动，经过一番辗转寻找，终于联系上了负责太庙巷地区拆建工作的单位——杭州市房屋建设开发总公司。时任公司计划经营处处长严胜雄正是该项目的负责人，他热情接待了我，让我非常庆幸的是，他对杭州的历史文化很感兴趣。我急切地向严处长讲明了来意，又详细介绍了南宋太庙的历史以及太庙对于杭州历史文化研究的重要意义。

为了这次见面，我可是下了苦功夫。那时我刚过而立之年，初出茅庐，在考古工作方面经验、阅历不足，却也正因为年纪轻，斗志昂扬，对什么工作都有着用不完的干劲和不惧困难、不怕吃苦的闯劲。摆在我面前的，就是一项富有挑战性的公关工作。为了更好地说服严处长，在来商榷前，我一头扎进图书馆和资料室，翻阅了大量杭州古今地图和相关的文史典籍，废寝忘食地做足了功课，想要向对方多角度证明此处便是南宋太庙的旧址，一旦重现于世，此地的考古文化价值难以估量。功夫不负有心人，我的一番努力终于取得了成果。正是有了这些准备，我和严处长的初次见面才那么顺利。

之后，我又带着厚重的材料和满脑子的论证，再次来到杭州市房屋建设开发总公司，与严处长进行第二次交流。严处长一直在认真地听我讲述，时不时地提问，鼓励我畅所欲言。我兴奋地将关于南宋太庙的所见所知倾囊而出。严处长了解了这些情况，认为南宋太庙遗址确实很重要，公司确实应该支持这项考古发掘，但他也提出，由于公司的总经理公派出国了，而暂停工程、支持考古发掘项目是大事，需详细

凤凰山皇宫墙题刻

汇报，他建议我少安毋躁，耐心等待一段时日。太庙巷的房屋拆迁才开始，掐指一算，时间还来得及，我按捺住心中的急切，同意了严处长的建议。

半个月后，总经理终于回国了，严处长很快通知了我，我立刻再次前去沟通。总经理对太庙遗址挖掘非常感兴趣，明确表态支持这项重要的考古工作，他兴致勃勃地和我交谈，反复表示："我们杭州的历史文化应该多挖掘、多保护，千万不要毁在我们这一代人手中。"除了谈太庙遗址事宜，他还希望我有空多来公司，给干部员工们讲讲杭州历史，多宣传普及杭州的文化，这对杭州未来的经济文化建设，以及地产业的发展，有着至关重要的意义。

三访杭州市房屋建设开发总公司后，我们考古所与公司计划经营处终于达成协议：在房屋拆迁后、住宅区打桩前，先进行考古发掘。当时双方一拍即合，简单直接地解决问题，重点是尽可能多挖掘、多整理有关南宋太庙的资料，甚至都未考虑是否会影响此地旧城改造工程的顺利进行。虽然签了协议，但按照当时的法律规定，考古发掘的经费要由建设单位承担，即此次考古发掘费用应该由杭州市房屋建设开发总公司承担。为了表示对杭州历史文化发展的支持，杭州市房屋建设开发总公司很爽快地一次性拨付了20万元,作为太庙遗址考古发掘的经费。在当时,这笔资金对我们考古人来说是巨款了,可见他们对杭州文化事业的鼎力相助。这非常令人感动。

被小看了的太庙遗址

4月中旬开始,经过双方多次磋商,敲定了太庙遗址发掘的具体方案,准备展开各项工作。与此同时,在杭州市房屋建设开发总公司的配合下,地面上的旧房拆迁工作也在紧锣密鼓地加速进行,一切在预期中展开。

出乎意料的是,5月1日,杭州市园林文物局党组织突然找我谈话,让我担任杭州市文物考古所副所长并任法人代表。这样一来,太庙遗址的考古挖掘就成了我任所领导后的第一个重大项目,于是我更加全力以赴地投入项目工作中,积极推进各项准备措施,人力、资金、设备,各单位协调调配,万事俱备,只欠平整场地这一"东风"。5月20日,太庙遗址考古的准备工作已基本完成，具备了考古发掘的条件，我们考古队正式进驻，开始了太庙遗址的考古发掘。

南宋一朝，苦难重重，举步维艰，定都一事，匆匆忙忙而一波三折，从汴京（今开封）逃到应天府（今商丘），各种迫不得已，又一路撤退，到扬州、平江（今苏州）、临安（今杭州）。

当南宋建炎三年（1129）宋高宗一行到达杭州后，本想开始着手恢复各种制度，然而金兵又来了，宋高宗只得再次仓皇南逃，经越州（今绍兴）、明州（今宁波）、昌国（今舟山）、温州、台州。在风暴肆虐的海上，君臣们呛足了海水，直到金兵撤了，宋高宗才小心翼翼回到越州，为了漕运便利，又于绍兴五年（1135）重返临安。金兵兵锋稍弱，南宋终于喘了口气，后于绍兴八年（1138）将临安定为行在。

太庙是在定都临安前的绍兴四年（1134）建造的，太庙的修建又比较匆忙，且北宋、南宋的皇帝加起来也就18位，数量不多，我们由此推断，南宋太庙的规模应该不会很大。

1995年5月20日，我们从靠近紫阳山脚的太庙巷拐角处，正式开始了南宋太庙项目的考古发掘。刚开始天气还不是很热，随着时间的推移，进入盛夏之后，杭州变得非常热。40

摄氏度的高温下，工地被清得光秃秃的，连棵遮阳树都没留下，真是干干净净、一览无余。这种天气下，连环卫工人为了防止中暑，都选择清晨和黄昏时集中工作，而我们必须赶时间、抢进度，顶着炎夏的大太阳，在"烧烤"模式中进行发掘工作，连衣服都破了好几套、鞋子都破了好几双。

但进展并不那么顺利，发掘的第一、第二条探沟都只是聚满泥沙的大池塘，连块有价值的砖瓦都没能看到，我们难免失望。挖掘整整持续了两个月，依旧"一无所获"。但考古发掘就是这般悲喜交加的过程，每个考古人都经历过如此坎坷的心路，不因徒劳无功而轻言放弃，也是考古人的职业素养之一。我们依旧在炎热和失望中咬牙坚守阵地，昼夜奋战，直到7月下旬，太庙东围墙的墙基终于露头，大家的精神随之一振。

对我们考古者而言，虽说挖到了夯土台基也是收获，但只有挖到太庙的墙，才能算是遗址发掘真正意义上的成功。根据《京城图》《皇城图》的记录，我相信一定能挖到围墙。我们乘胜追击，继续一路加快开掘，终于在8月下旬挖到了太庙的东围墙。今天人们在太庙公园看到的那块城墙碑，便是仿照这段东围墙做的纪念碑。直到这一刻，我们才大大地松了一口气，满是泥灰和汗渍的脸上露出了如释重负般的胜利微笑。

杭州四周环山，潮湿多雨，市内湖泊水体星罗棋布，在地下勾连通达，因此地下水位很高。止水是考古工作的重要流程之一，此前的挖掘基本上都是在泥水中施工，待我们用抽水机将遗址发掘处的水抽出来后，东围墙的面貌才逐渐清晰地显露，这是我们与南宋太庙相逢的第一面。

太庙东围墙呈南北走向，墙宽 1.7 米，保存情况最好的地方残高有 1.7 米，全部用条石错缝叠砌而成。宽 1.7 米的墙，墙头可以跑一辆三轮车了，走人更是绰绰有余。围墙墙面规整，做工讲究，考古队发掘了约 90 米长还未见转角，说明原墙更长。围墙内侧用长方形的青砖平铺成凹槽，以作散水，保护墙基不受雨水侵蚀。围墙外侧用宋代特有的"香糕砖"铺砌的地面，与南宋皇城前的御街相衔接。"香糕砖"是宋代最有特色、临安城最常见的砖头，经考古发掘出的南宋时期的道路几乎都有"香糕砖"的身影，它比现代砖细长且沉重，更加结实稳固，通常用来砌墙、铺街或造墓，比如南宋御街便是用石板和"香糕砖"铺砌而成。

东围墙这一成果令我们酷暑下 3 个月的努力没有白费，

我们怀着激动的心情,振奋精神,鼓足干劲,尽可能多地快速向围墙的两端做延伸性发掘,9月底,我们终于找到了太庙的东门。

太庙的东大门在东围墙的正中,宽约4.8米,门座底部用长方砖竖砌成基础及门槛基槽。门外侧并立两个石砧,门内有一条与门等宽的砖砌大道,向西直通太庙的主建筑,延伸到紫阳山。在太庙右侧出现了地下的排水系统,下水道穿墙而过向东通向御街。在围墙北端的外侧,有方形的石砌基础,我们推测,这里原本应是放置石狮的基石,只可惜基石上的雕塑已经不见了,而且若左右呼应,那么应是一对。围墙的南端有一个用黄土夯筑的大型台基,高约0.5米。在发掘时,又出土了多块长方形的砖块,上有模压铭文,文字为"官""上二""平一"等,说明这些砖块不是来自民间,而是由官府、衙署督造的官窑砖。

首次初步发掘的太庙遗址局限于太庙的东门口,占地面积约1000平方米,其中包括一段约90米长的东围墙、东大门以及部分靠近东门的偏殿遗址。然而这仅是太庙的东侧一角,从这一发掘成果可以推断,南宋太庙的规模大大超出我们的最初设想,遗址不仅相当宏大,而且内部结构完善,保

南宋太庙考古现场

南宋太庙东门遗址

南宋太庙东围墙遗址

存程度也较好，如果能继续挖掘下去，不难想象会有怎么样的巨大收获。

5个多月的努力与付出，我们经过了数百次日升月落，时常不眠不休，汗水默默挥洒在考古工地的每一寸探方上，最终出土的成果令所有在场的工作人员非常欣喜。

在发掘过程中还有一个小插曲。首次太庙遗址发掘到了最后一个月时，由于前期未预计到会有如此规模，经费显然捉襟见肘，为了能完成初步勘察，我们只好再次向杭州市房屋建设开发总公司寻求支持，不仅汇报了目前所取得的重大成果，以及遗址规模远超初期预想的情况，也表明太庙考古项目所处的困境。公司肯定了我们的成绩，再次欣然慷慨出资10万元，支持我们继续探索，让我们一定要把本次考古发掘完成。

开发商也不是没有过顾虑，他们担心南宋太庙遗址如此重要，发掘得又那么完好，考古项目若继续进行下去，会不会使原本的住宅建造方案搁浅，毕竟这次规划新建的紫阳小区，是老城居民们的期待，同时也涉及老工厂的改建，这都是事关民生的大事，两相权衡，手心手背都是肉，极难取舍。

鉴于以往的考古工作经验，我倒是非常乐观，拍着胸脯"打包票"："杭州至今没有考古发掘出来后不能建造房子的先例，就是全国也几乎没有过这种案例，而且对我们考古者来说，最重要的是做好考古发掘相关材料的整理和保存，这一工作完成后，土地肯定要交还给你们的。"开发商方面有很多人是学建筑出身的，由于暂时不能开展住宅建设工程，便常到考古工地来观摩。看到从深深的探沟中挖出来的"香糕砖"、古石柱、古石板以及砖面上的铭文，他们惊叹不已，连连称赞道："太庙遗址发掘出来的东西确实好，真是太难得了，应该要加以保护。"杭州市房屋建设开发总公司在关键时刻伸出援手，追加出资了10万元，才使我们的考古发掘工作能够顺利开展下去，继续前进了一步，否则后续太庙东门遗址的发掘也无法进行得那么顺利。太庙遗址项目告一段落后，为表彰杭州市房屋建设开发总公司为杭州的文化事业大局做出的牺牲，市政府将当年的"精神文明建设奖"颁给了他们，以感谢他们对杭州文物保护工作的重视和支持。

左手文物保护，右手城市建设，选谁

20世纪90年代中期，杭州市文物考古所、市文保所均隶属于杭州市园林文物局。在太庙发掘那段日子里，有一次去局里开会，我遇到了时任市文保所所长高念华，向他简单介绍了太庙遗址的考古发掘情况，并邀请他来太庙遗址参观指导工作。他听后很感兴趣，并表示有时间一定去看看，我当时还以为只是寒暄。

9月下旬，太庙遗址首次发掘接近尾声，我们差不多准备回填了，高所长竟真来了，同时还请来了浙江省文物局的文物保护专家杨新平先生，一起到太庙遗址处考察。二人在遗址处逐一查看，杨新平感叹不已："我从来没有看到过如此完好的遗迹现象，这么重要的遗址，一定要做齐、做全资料。"当天回去后，他考虑到马上要回填，事不宜迟，便立即向省文物局做了汇报。

当天下午，杨新平又陪同时任浙江省文物局副局长陈文锦、文物处处长姚仲元，浙江省文物考古研究所研究员徐新民等匆匆来到太庙遗址。陈文锦局长看了以后，略带诙谐地调侃我："杜正贤，你挖出这么好的东西怎么不报告？"我只好解释道："最重要的太庙遗迹在8月下旬才刚刚发掘出来，我们正在集中精力、全力以赴地应对发掘，还没有来得及正式汇报。"虽然这是一份稍稍迟来的关注，但毕竟可能会给发掘工作带来转机，我心中暗自欢喜。太庙遗址当然不可能只有东门，回填也是出于经费、人力以及与开发商的合同等多方因素考虑，迫不得已为之，作为考古人，我当然希望将"战斗"进行到底，如果可能的话，谁不想把太庙整个挖出来呢，只不过当时的现实情况和考古水平不允许。

陈文锦局长看了太庙遗址，当然也明白整个太庙有多大规模，他认为这么重要的遗址，应该向国家文物局汇报。因此，他当场便做出几点工作指示，包括发掘出来的太庙遗址处暂不得回填，要将相关的遗址资料做扎实、做详细。陈文锦局长回局里的第二天，便将太庙遗址考古发掘情况向国家文物局做了汇报。

杭州紫阳山下发现南宋太庙遗址的消息一经传出，立即震动京华，引起了整个考古界、文博圈和史学界的关注。国家文物局也非常重视。我清晰地记得，时值1995年的国庆节，当时还没有长假，只休息一天，10月2日，国家文物局派出的专家组已抵达杭州，下了飞机便直奔南宋太庙遗址，迫不及待地进行实地视察，行动之迅速，令人赞叹！

这一国家级别的专家组，由时任国家文物局文物处处长孟宪珉领队，成员包括时任全国政协委员、中国社会科学院考古研究所所长徐苹芳教授，时任国家文物局专家组成员、北京大学考古系严文明教授，时任全国政协委员、中国工程院院士、建设部专家傅熹年教授和时任中国城市规划设计研究院设计研究室主任工程师王瑞珠研究员，阵容很强大，可以说都是当时国内业界的一流专家。其中，徐苹芳教授曾是南宋临安城考古队（20世纪80年代由中国社会科学院考古研究所、浙江省文物考古研究所、杭州市文物管理委员会办公室成立的联合考古队）的首任队长，曾主持临安城考古项目，取得了丰硕、重要的考古发掘和研究成果，他是临安城考古的开拓者、引路人，因此对于杭州城，他有着一份特殊的深厚感情。

10月的杭州，暑气未退，专家们抵达后，完全不顾天气的炎热和旅途的劳顿，一门心思扑在了太庙遗址的勘察和研究上。他们边考察、边讨论，言语间难掩意外的惊喜，纷纷表示："南宋太庙遗址的规模、气势如此壮观，建筑水平如此高，真是出乎我们的意料！""杭州发现了南宋太庙，保存得比较完好，这在全国绝无仅有，足以弥补杭州作为六大古都之一，却缺少能够体现古都风貌的代表性古迹的缺憾了……""应该对太庙遗址加以重点保护！"

勘察一番后，他们又马不停蹄地从考古工地回到所里。我们拿出了几个月来辛苦整理和绘制的图文资料。专家们进行了严密的分析论证，并逐一讨论后，对我们的考古工作给予了充分的肯定和高度的赞扬，认为我们在太庙遗址发掘中的表现非常灵活变通，能够及时发现目标，迅速展开工作，充分利用各种资源，争取多方支持；而在经费不足、人手有限、工作环境艰苦的情况下，我还能扛住压力，耐得住艰苦，坚定不移地主持太庙遗址挖掘项目，并取得如此令人赞叹的发掘成果，真是不易。

南宋太庙遗址的考古发掘虽然是我牵头并带队开展起来的，但我没有考古发掘领队资格证书，严格来说，我带领考古队开展这一项目是不合规制的。20世纪90年代中期，考古发掘领队资格制度刚刚在田野考古工作中实施，当时，要

向严文明教授(右二)介绍考古挖掘现场

专家考察现场,左一为姚仲元,左二为王瑞珠,左三为傅熹年,左四为徐苹芳

取得这个证书是有很大难度的，必须参加国家文物局主办的领队培训班，经过严格的训练才可以拿到。杭州市文物考古所彼时还未有一人取得该证书，所以还要挂靠浙江省文物考古研究所。专家们得知此事，讨论一番后做出了决定："杜正贤是杭州市文物考古所法人代表，他能将南宋太庙遗址的考古发掘工作做到这种程度，实际上已经具备了考古发掘领队资格，其他遗址的考古发掘工作也可以做得很好，考古所行政工作和发掘工作繁忙，就不用再让他去考取领队资格证了，直接给他办理一个就行。"由此，现场特批我获得考古发掘领队资格。有了证，今后我就有资格带着一队人马，在田野考古工作中迅速开展发掘工作，四处开花——这真是我在进行太庙遗址考古发掘中的意外收获。

现场视察结束后，专家们又听取了省、市文物考古部门的工作报告，并就太庙遗址的进一步考古发掘、妥善保护提出了意见和建议。他们指出，杭州市要下大决心，加强人力、物力、财力的投入，将整个太庙遗址全部发掘出来。太庙遗址考古发掘所需的资金可由国家文物局出资，如果人员不足，也可通过国家文物局从全国各省市考古所抽调。

西安、南京、洛阳、开封、北京、杭州，这中国的六大古都，均曾饱经战火。唯一留存下来、看得见、摸得着的太庙只有北京一处，占地面积13.9万平方米，那是明清时期留下的传世国宝。这次考古发现，堪称迄今为止我国经考古发掘的时代最早、保存最好的太庙遗址，这次发现是中国城市考古的一次重要发现，也是南宋临安城考古的里程碑！

杭州市委、市政府高度重视太庙遗址项目，曾多次组织相关负责人和专家学者进行实地考察，广泛听取各方意见，力求将考古发掘工作和历史遗迹的保存做到最好。但这就涉及了一个取舍问题，紫阳小区是当时旧城改造的重点地区，市政府下决心要给市民一个崭新的紫阳小区，更何况紫阳山地段的改造已经进行了大半年的时间，第一期工程范围内的680多户居民的动迁、拆房和"三通一平"等工作，前期已投入了大量的人力、物力，如果对紫阳山地区的旧城改造喊停，不仅经济损失巨大，对杭州城市的发展来说，代价也是令人难以接受的！一手是文物保护，过期不候，一手是城市建设，承载着民众的期待和杭城的未来，两方的天平砝码都重过千钧，实在难以平衡，太庙遗址发掘项目是个大难题，使杭州市委、市政府面临着艰难的抉择。

恰在此时，孟宪珉处长将关强调到了杭州，让他专程来支援南宋太庙考古项目。关强是我在北京大学考古学系的同学，现任国家文物局副局长，在当时也是国家文物局的业务骨干。

就这样，关强、徐新民和我分别作为三家单位的代表，日日聚在一起，交流太庙考古挖掘和保护方案。我们仨经常激烈争论至深夜，三人各执己见，但有一点我们是相同的：杭州地下水位过高，要将整个太庙遗址发掘出来再做整体保护，这个方案操作难度太大。关强认为，太庙事关重大，即使不整个发掘出来，也需对这块地方做"全保"。而当年的我一心只搞考古探索，哪里顾得上"全保"，心中只有作为考古者的信念，想着只要将考古做完，把资料取全后，我的任务就完成了。

我们在内部讨论的同时，不断与杭州市政府沟通。如此持续了20多天，我们忽然收到杭州市政府的通知。令所有人都意料不到的是，在权衡多方的利害得失后，杭州市政府做出决定：停止开发建设紫阳小区，拆迁居民易地安置，补偿建设单位，太庙遗址的发掘也暂时告一段落，紫阳山地块等今后技术条件具备时，再分阶段进行考古发掘。

得到这一消息，关强、徐新民和我三人如释重负。顺利完成任务，关强也启程回京。第二天，考古所整理现场，准备收工，大家心中既轻松愉悦又志得意满，连续40多天高强度的工作后，我们终于可以卸下压力，暂时放松一下了。

夕阳西下，我们幕天席地，就在工地上开起了"夜宴"。这工地上的简陋一餐，虽无好菜却有酒，更主要的是，我们有喜悦的心情下酒。我原本酒量甚浅，可在工地温暖的灯火中，在同行战友的欢笑声中，我满足而放松，逐渐放飞了自我，迷失在欢乐中。我虽然只能喝一杯，却饮了三杯。喜悦令我不能自持，只想永远沉浸在收获满满的成就感中，伙伴们见我喝高了，试图劝阻，而此时的我举杯邀了明月，正在步上九霄，没有任何人能夺下我的酒杯。酒精给了我快乐，也带来了痛苦，我被猛烈的头痛和呕吐所唤醒，陷入了黑暗深渊。急促的脚步声和人们焦急的呼喊声逐渐靠近，我被疾风般的急救车声音推入了匆忙的行列。我的意识渐渐模糊，被送进了医院的急诊室。

第二天一早，尽管我依旧头疼欲裂，却没有继续在医院挂号，而是继续去工地挂号。那片古老又神奇的土地，对我有着致命的诱惑，激发着我无穷无尽的生命力。

在杭州，太庙遗址的发掘开了基建前进行考古前置工作的先河。鉴于前期因紫阳山建设工程半途而废造成的巨大损失，市政府也进行了政策调整，几乎是同时下达文件，规定今后凡是杭州老城区进行改造，在做基建专案之前，必须先征得文物部门的批准同意，一旦发现重大遗址，保护遗址比城市建设更重要。随着一代代考古人的努力，支持考古勘探发掘的政策越来越完善。曾经我们需要与开发建设单位商讨，努力争取才能进行考古发掘，而现在根据国家规定，超过 5 万平方米的基建项目需要进行考古前置。从 2024 年 7 月 1 日起，浙江省范围内所有的基建项目都要实现考古前置，要"先考古、后出让"，在依法完成考古调查、勘探、发掘前，地产原则上不予收储入库或出让。这样的变化让考古人深感欣慰。

杭州市政府以历史文化名城的保护为重，不惜花费上亿元的拆迁投入，毅然决定停建紫阳小区，对地下 15000 平方米的太庙遗址进行永久性保护。这是杭州市历史文化名城保护中的大举措、大手笔，国内尚无先例！太庙遗址在中国城市考古史上，具有里程碑式的重要意义，正因如此，南宋太庙遗址入选了"1995 年度全国十大考古新发现"，其发现被杭州市委、市政府列为当年年度精神文明建设十件大事之一。

南宋太庙遗址的考古发掘由我带队进行，这是我全程负责并参与的第一个项目，对我个人而言具有特殊的意义。经过这个项目，我认识到，我们不仅是考古工作者，更是文化遗产的守望者和传承者。同时，我们的工作引起了多方关注，

南宋皇城北城墙遗址

甚至促使政府对考古工作的相关政策都做出了改变，显示了政府对于考古工作和历史文化的重视程度。南宋太庙遗址这一里程碑式的考古发掘，从此为杭州的考古工作打开了全新的局面，带来了崭新的气象。

杭州作为南宋故都、历史文化名城，却一直以来缺少这段历史的代表性古迹，太庙遗址的发现填补了这一空白，充分体现了杭州的宋代风韵。今天，在杭州的紫阳山下，一座南宋太庙遗址公园坦然坐落，这便是当年杭州市政府在太庙遗址上修建的文化保护性公园。太庙遗址公园绿意盎然、古朴幽静，一段仿古城墙砖石碑，似乎诉说着千年前南宋都城的繁华与盛衰。而今，在公园广场上，繁华依旧，太平盛世重现。这里黄发垂髫怡然自乐，太庙公园早已成为市民休闲锻炼的好去处。工作之余，我偶尔路过遗址公园附近，总会走进去转一转，每每有一种自豪感油然而生，这源于我的考古生涯，也源于我文保人和博物馆历史文化的传播者的身份！

多灾多难宋太庙

太庙是皇帝祭祀先帝的宗庙，是中国人朴素的祖先崇拜最高阶的体现。中国历史上有三大传统信仰：祖宗、良心、老天爷。历代皇帝对老天爷的信仰，体现在封禅泰山和社稷坛的春秋祭祀上。"良心"沿袭于宋明理学，是从上到下的道德准则，讲求心中有杆天理秤，要"对得起良心"。至于祖先信仰，老百姓谁家还不过个清明节呢？每一朝皇帝都十分重视孝道，恭恭敬敬地祭祖，获得祖先神灵的庇佑，才能稳固政权，葆基业长青。

自周至明清，历朝历代皆有太庙。按周制，太庙位于宫门前左侧，每庙一主。西汉初、中期，帝王宗室在都城立庙，各郡在地方也相继立庙，开启了宗庙遍地之风，直到汉元帝时才罢弃。自魏、晋开始，皇帝逐渐多起来，新的祖宗要住进去，旧的祖宗又不能搬出来，若依旧是每庙一主，场地明显不够用，于是"每庙一主"变为"多室多主"，不得不委屈祖宗们合住。从此，一座太庙中分为若干室，每室供奉一位祖先。也是自曹魏开始，有了相对稳定的功臣配享于帝王庙堂的制度，明清也沿袭此制，因此在北京太庙里，不仅能看到清代历代皇帝的神主牌位，也有福康安、傅恒、多铎、多尔衮等皇室功臣的牌位，还有张廷玉这位著名的汉臣的。

《考工记》云："匠人营国，方九里，旁三门。国中九经九纬，经涂九轨，左祖右社，面朝后市，市朝一夫。"这是古代关于城市设计的简单论述，涉及主城的基本构造，城左是供奉祖宗的太庙，城右是供奉天地的社稷坛，可见，太庙和社稷坛在古代都城建设中有着十分重要的地位。《考工记》是春秋战国时期著作，先秦时侧重以左为尊，可见太庙地位高于社稷坛，还是祖宗更重要。

今天的南宋太庙遗址，总面积约3万平方米，位于杭州市上城区紫阳山（古称"瑞石山"）东麓，东临中山南路，北至大马弄北端、城隍牌楼巷这一条巷道，南有紫阳小学，中河隔中山南路与之相望。而在《咸淳临安志》的《皇城图》中，太庙背靠瑞石山，面朝御街，北临五府，南接三省六部，与大内遥遥相望。

靖康之变后，宋高宗仓皇南逃，却一直不忘带上祖宗们，这是他重建正统帝位的根基之一。南宋建炎元年（1127）九月，他便派遣徽猷阁待制孟忠厚护送太庙神主赴扬州。十月，宋高宗乘船南下。但祖宗们在扬州也没能安生几个月，随着宋军节节败退，扬州很快就受到袭扰。建炎三年（1129）春二月，"游骑至瓜洲，太常少卿季陵奉太庙神主行，金兵追之，失太祖神主。后朝廷以重堂求之"。

南宋建炎四年（1130），宋高宗一行避难温州，太庙神主牌位也寓于温州。宋高宗在温州落脚后，南宋流落在外的皇室成员也不断找到大部队，当然其间也有些人离世，所以又不断有神主祔入太庙，比如在绍兴元年（1131）八月，"祔昭慈献烈皇后神主于温州太庙"。之后，宋高宗离开温州，但神主仍然暂时奉安在温州太庙。宋高宗依旧按规制，定期派礼部官员前往举行祭礼，告慰祖宗。

南宋太庙始建于南宋绍兴四年（1134），宋王应麟《玉海》卷一《行在所》载："绍兴四年，高宗在平江（今江苏苏州）将还临安，始命有司建太庙。"南宋绍兴五年（1135），太庙建成，据《咸淳临安志》记载，"在瑞石山之左"。当年四月，权太常少卿张铢奉去温州迎神主回临安。五月二日，高宗亲驾太庙行款谒礼。

南宋绍兴七年（1137），因宋高宗移跸建康（今南京），太庙神主迁往建康，而临安太庙改名为"圣祖殿"。南宋绍兴七年（1137）十二月，宋高宗觉得建康不安稳，又将太庙神主从建康运回临安，"圣祖殿"复名为"太庙"。真是大军未动，祖宗先撤。绍兴八年（1138），宋高宗颁诏确定临安府为行在所，临安成为事实上的都城，临安府所建赵氏祖庙作为南宋太庙的地位得以最终确立。宋氏王朝颠沛流离的逃难式迁都告一段落，祖宗们也终于可以安家落户，安享香火了。

南宋太庙虽然匆匆建立，使用频率却极高。自建成以来，太庙始终是朝廷进行祭祀活动的重要场所，遇到国家级别的婚丧嫁娶等一应大事，皇帝都会跑来向祖宗们汇报，其中尤其受到朝廷重视的是朝飨之礼。每年四孟（农历每季第一个月的合称）和季冬（农历十二月）都要举行隆重祭礼，保证一年五次与祖宗们的在天之灵沟通感情，即"五飨"。

频繁的祭礼和隆重的礼节使草创的太庙不敷所用，随着经济的恢复与发展，每次祭祀总会增添大量昂贵的新物件，以博得老祖宗的欢心，庇佑宋室江山稳固、国泰民安。但长此以往，祭祀时所用的礼器越来越多，庙里又没仓库，根本放不下，愁坏了礼部的官员们。为此，南宋绍兴十六年

（1146）首开扩建太庙的先例。《乾道临安志》记载："（绍兴）十三年，礼部、太常寺修立郊祀……（绍兴）十六年，用给事中段拂请，厘正礼器，而室隘不可陈列。监察御史巫伋请增建庙宇，乃从西增六楹，通旧十三楹，每楹为一室，东西二楹为夹室。又增廊庑，作西神门、册宝殿、祭器屋、库屋。"据此，太庙规模得到显著扩大，由七楹增至十三楹，同时，又增建廊庑、西神门、册宝殿、祭器屋等，那些闲置的祭器和牒册才有了安身之所。当然，为了表示对祖宗们的孝心，供奉是不会停止的。库房即使扩建了，奈何器皿越来越多，只能继续扩建，而且皇帝代代相传，祖宗也越来越多，因而修缮之例一开，此后历代屡有增修，规模也越来越大，终于扩建到了今日所探察到的太庙规模。

虽然皇帝如此重视太庙，但毕竟无法避免同时代木质建筑的缺憾。南宋一朝，太庙曾多次遭遇雷击。《宋史》载："（淳熙）十六年（1189）七月乙丑，大雷震太室斋殿东鸱吻……（嘉定）五年（1212）七月戊辰，雷雨震太室之鸱吻。"火灾对太庙木质建筑的损毁更是严重。据《续编两朝纲目备要》卷八记载，南宋嘉泰四年（1204）三月丁卯，"其夜二更后，行在粮料院后八条巷内、右丞相府吏刘庆家失火，自太

太庙遗址全景。2001年6月25日，南宋太庙遗址被列为第五批全国重点文物保护单位

惊鸿一瞥邂逅了南宋太庙 | 115

庙南墙外通衢延烧粮料院及右丞相府、尚书省、枢密院、制救院、检正房、左右司谏院、尚书六部,惟存门下后省及工部侍郎厅……步帅李郁用心竭力扑救不得,烧至太庙,侂胄以重赏许诸军。夜,漏下三鼓,遂撤去,太庙廊屋、祖宗神主、册、宝、法物皆移寓寿慈宫"。这场大火将南宋临安城内的许多官方建筑烧得一塌糊涂,但官方仅视作寻常,仅仅是"步帅"冲在救火前线,直至"烧至太庙",宰相韩侂胄才急了,悬赏灭火,却已控制不住,只能将祖宗牌位抢救出来,太庙终究被烧了个精光。太庙修复后,南宋绍定四年(1231)九月,临安大火,再次殃及太庙。《宋史》中也有记载:"九月丙戌夜,临安火,延及太庙,统制徐仪、统领马振远坐救焚不力,贬削有差。"贾似道也曾于太庙救火,据说当时大内后院着火,有人报告贾似道,他不慌不忙微微一笑:"火烧到太庙再告诉我。"真烧到太庙时,他立即行动,为了加快速度,十分钟换一乘小轿,全力奔赴火灾前线。他亮出黑旗,言明救火不力者杀无赦,最终一名军官勇闯火场,砍断关键易燃物,控制住火势,保住了太庙,贾似道当场将这名底层军官连升十级。可见不只是皇帝,太庙在所有官员、士大夫心中的地位也是至高无上的,甚至可能高于皇宫。

覆巢之下无完卵，南宋太庙作为南宋皇权的礼制建筑之一，是王朝兴衰的象征，它伴随着南宋王朝的覆灭而被废弃。南宋德祐二年（1276），元军入城，元军西路统帅伯颜在临安府接受南宋降表之后，命部下籍没太庙祭祀礼器。"伯颜入临安，遣郎中孟祺籍宋太庙四祖殿、景灵宫礼乐器、册宝，暨郊天仪仗。"太庙精美的国宝级金银器皿，让元军官员们垂涎欲滴，说是拿去祭祀蒙古人的天神，实质就是抢劫。被洗劫之后的南宋太庙空留一个躯壳，很快也被改作他用。

太庙遗址显现出了极其重要的历史意义，特别是，它扭转了一个错误认知：宋代积贫积弱，南宋更加不堪。看到太庙遗址的残垣断壁，我们被深深震撼了，它显示了南宋的繁荣与富庶，那是中国中古社会的黄金时代，绝非人们眼中风雨飘摇、贫病交加的末世王朝。南宋看似只有半壁江山，偏安一隅，是蕞尔小国的样子，却有着高密度的人口，承袭着前代的文化和经济传统。宋金议和后的40年间，没有战争，南宋趁着和平时光，养精蓄锐，社会经济继续发展，百废俱兴，经济文化又达到了一个新的高度，甚至可以说不亚于繁华时期的北宋。正因为南宋如此富裕，才有国力造出如此壮观考究、规模宏大的太庙。而比之稍早些的德寿宫，因为南宋初步立足，尚未恢复元气，故修得略显寒酸。

　　太庙遗址的考古发现是杭州考古工作的重要成果之一，自此以后，以太庙为坐标之一，南宋时期的其他遗迹区如雨后春笋，相继被我们勘察到，并陆续展现于世人面前，使临安城考古工作进入繁荣阶段。太庙是南宋时期最重要的礼制建筑，不仅具有重要的历史意义，也有其深远的政治文化意义，因此受到了杭州市政府的重视，在太庙遗址的挖掘过程中，古城墙遗迹和大量的出土文物被妥善保护，它们经过精心修整后，展示在世人面前——这极大地强化了杭州在文物保护方面的良好形象。在杭州市政府的悉心安排下，太庙遗址重新焕发光彩，更多人认识到文化遗产的珍贵和重要性。南宋太庙蕴藏一段扣人心弦的历史往事，是连接过去和未来的纽带，在它面前，我们重新审视历史，了解南宋时期古都杭州的辉煌。每一块古砖、古瓦，都凝结着历史的记忆，让人们穿越时空，感受岁月的沉淀。

　　1998年，在原太庙遗址上，市政府建成一座融历史性和观赏性于一体的南宋太庙遗址公园，对市民和游客免费开放。当年庄严肃穆的南宋太庙，连皇帝在这里都必须不苟言笑，今天却成了杭州城最有人间烟火气的地方之一。附近的小巷

玉皇山鸟瞰（胡鉴 摄）

子里，居民游客熙熙攘攘、络绎不绝，公园广场上，老人健身，青年打球，儿童骑着脚踏车嬉戏，欢声笑语不绝于耳。他们都知道，脚下便是被保护起来的千年前的宋代遗址。

第三章 在吴越陵墓中看五代星空

10 世纪初，李唐王朝终结，中国历史进入五代十国时期，这是一个战乱频仍、民生多艰的时代，然而在某些偏安一隅的国度，民众却相对安居乐业。随着临安钱氏的崛起，浙江地区进入了区域发展史上至关重要的阶段——吴越国时期。对于吴越国的起始，学术界有两种不同的观点：一种是从后梁太祖开平元年（907）钱镠受封吴越王算起；一种是从后梁龙德三年（923），钱镠被册封为吴越国王，正式建立吴越国开始算起。钱氏政权历经三代五王，虽不是逐鹿中原的强者，却自始至终都秉承着"保境安民"的基本国策，对外善事中原、拓展贸易，对内兴修水利、发展生产、弘扬佛法。吴越国在军事上似乎不思进取，推崇休养生息。但这种"佛系"的治国之道，使当时浙江地区的经济不仅没有受到王朝更替的影响，反而因远离兵戈之乱而富庶于东南。钱氏政权治理浙江只有短短的 70 余年，却对杭州、浙江乃至全国的发展产生了深远的历史影响。宋室南迁之时，最终选择杭州为都城，钱氏政权当年的苦心经营功不可没。

从吴越时代至今，杭州屡次经历朝代更迭，亦不乏战火焚城，能够保留下来的吴越国文物遗迹已经不多了，有的被多次重修，已面目全非，而更多的则湮没无闻，令人唏嘘，但对于考古人来说却又于心不甘：难道历经千载沧桑，那七八十年的繁华真的荡然无存了吗？

为了揭开吴越古国的神秘面纱，我们考古人多年来踏遍杭城和临安的山山水水，一直在努力寻找着，辛勤奔忙着，不懈探索着。"功夫不负有心人"，从吴汉月墓到康陵，从捍海石塘到雷峰塔地宫，吴越国的皇家盛况终于缓缓地重见天日，解开了我们多年的心结，也解开了史学界对吴越国的很多猜想。我们以考古工作者特有的方式，为世人开启了一扇通往吴越古国的历史之门。

一锄头敲出了吴越王后陵

1996年11月16日下午，夕阳西下，倦鸟归巢，寒气逼人，深秋傍晚，人们都早早躲回家中。此时，临安市玲珑镇（今杭州市临安区玲珑街道）祥里村上界头自然村悄然发生了一件大事……

黄朝荣（化名）只是村里的一个普通农民，他没有在意其他人回家的脚步，只想尽快将自留地上的土坑挖好，想着明天就可以种上竹子，到了来年春天，就有鲜嫩的竹笋吃了。忽然，他的锄头碰到一处硬物。他并不在意，不过是几块碎石，挖掉就好，然而下一锄头，又碰到"石头"。他还偏不信这个邪，几锄头下去，却连连碰壁，他纳闷地挖开土，地面赫然出现一排青砖。这些砖砌成规整的拱形，这是什么？难道这里有什么不得了的东西？

此时天色已暗，村中各家已然炊烟袅袅，正是吃饭的时间，黄朝荣也饥肠辘辘，可好奇心驱使他撬开青砖，卖力地继续向下挖掘。洞越挖越大,渐渐掘出了一个长140厘米、宽70厘米的洞。他忽然觉得下面豁然开阔,便借着落日的余晖,小心翼翼地探下头去查看。仅仅是在昏暗的光线中模模糊糊地看了一眼,他的眼珠都要弹出来了。万万没有想到,下面竟然是一座很大的陵墓!虽然心怦怦乱跳,可黄朝荣很快回过神来:这里面一定有好东西!他不由得一阵狂喜,抓紧了手中的锄头,试探着从洞穴进入墓室。

天色越发暗了下来,黄朝荣终于壮着胆子进入墓中。向墓室中走了一段,他真的看到了那些宝贝!且不说墓室里浓墨重彩的壁画和熠熠生辉的金箔装饰,一件件瓷器静静地散放在供桌两侧,在微弱的光线下,可见幽青似玉的釉色。黄朝荣曲下身去捧住瓷器,如同抱着当初刚出生的宝贝儿子。他没时间欣赏,小心翼翼地将瓷器一件件搬到洞口。他用衣服裹起两三件瓷器,急急地冲向家里。放好宝贝,看到儿子进了院子,忙拉上两个儿子,返回墓中。儿子们也被震撼到了,喜滋滋地陪着父亲一起搬宝贝。

黄朝荣父子三人跑来跑去运得起劲,却没有留意到一个人正纳闷地看着他们。时值周六,村支书读初中的女儿放学回家,途中正巧路过黄家,看到他家院子里堆着好几只竹筐,黄家父子推着板车来回跑，忙得不亦乐乎，便十分好奇。小姑娘走近了看，竹筐里满是带土的瓷器，凭借课本所学的历史知识，小姑娘觉得这些瓷器可能是文物，当即赶回家中告诉父亲。村支书听完女儿的描述，意识到这三人是在盗墓，而且是个大墓。临安墓穴众多，很多都是贵族甚至王室的墓穴，若是让他们将文物偷走倒卖，甚或损毁，那可是国家的重大损失。他毫不犹豫，立即向玲珑镇政府报告了事件的经过。

玲珑镇政府值班人员得到消息，不敢怠慢，即刻向上级做了情况汇报。时任县长接到汇报，当即会同文化局长、文博馆长迅速赶赴现场，并召集镇、村、公安干部开会，雷厉风行地制定出全面保护遗址文物的方案，落实保卫人员，商定保护措施，收缴出土文物。同时，封闭陵墓洞口，疏散围观人群，组织文物、公安、镇、村干部通宵值班，确保文物的安全。会后，各部门即刻调派人员到岗，紧锣密鼓地展开了各方面工作。

发现陵墓并盗走宝物的黄朝荣毕竟只是个村民，他虽一时间见财起意，但并不是专业的盗墓贼。文物干部和公安干警对他进行了法律法规的宣传教育，敦促其上交出土文物，并详细了解了发现经过，形成笔录。经过耐心细致的劝说，他终于肯将 26 件越窑秘色青瓷器和一方石质墓志交给工作人员。文物干部与黄朝荣分别在收缴文物清单上签了字。这些精美的器物当晚就运抵文物馆被妥善保存。与此同时，临安文物部门连夜向省、市文物部门报告了陵墓发现的情况和需要保护的现状。

这里还有一个插曲。当时，上级文物部门有些同志感觉黄朝荣可能还有私藏，指示对其持续加以关注。果不其然，事发一年以后，黄家未过门的儿媳因脖子上戴了一块玉器而被举报。经查，这块玉器一面刻着"千秋万岁"，另一面刻着"富贵团圆"，是康陵最精美的一块玉器。由此黄朝荣重新进入警方的视线，经审讯得知黄家果然没有上交全部文物，剩余文物有的藏匿家中，有的已流向文物市场。最终黄朝荣藏匿、倒卖的 20 件文物被悉数追缴，黄朝荣父子被处刑罚，这是后话。

得知情况后，包括时任浙江省人大常委会副主任毛昭晰先生在内的省、市文物部门相关人员便立马赶到陵墓现场，与临安市有关领导就地召开了文物保护工作会议。为了明确墓葬现状，以利于更好地保护文物遗址，会议决定在正式考古发掘之前，先进墓穴内看个究竟。我也接到通知，与考古所的同事们一起在现场。看到陵墓被挖了个大洞，不禁内心有些忐忑。既然当地农民都能如此轻易地发现陵墓，它会不会已经被盗墓贼洗劫过了？同时又隐隐有些雀跃，这一次发掘，又将是一场怎样的时空邂逅？毛昭晰先生让我第一个进去，他说"你是考古队员，第一个进去最为合适"。我不禁一愣，复杂的心情涌上心头。被点名第一个下去，这体现了毛昭晰先生对我的信任与认可，而且墓室在与外在空气接触后，文物会在短时间内发生氧化反应，越早下去能看到文物越原始的样子，这是考古工作者求之不得的，我内心深感荣幸和喜悦。但与此同时，墓室内的情况到底如何？最先下去也意味着第一个面临危险，墓室里是否会有蛇、虫，或者更令人害怕的东西？毕竟下面一片漆黑，太多的未知让我心里直打鼓。我定了定神，深吸一口气，给自己加油打气。

由于墓室内气息浑浊，我戴上了口罩，打着手电，怀着复杂的心情，攀着从黄朝荣挖出的盗洞口放下的竹梯，一点一点地降到墓室内。其他人随后进入。时至深秋，本已微寒，再加上墓室内长期封闭，空气不流通，湿度极大，越往里走，我越觉得后背凉飕飕的，一股难以描述的异味扑面而来，虽戴着厚厚的口罩，那味道却极具攻击性，钻进了鼻孔，让我忍不住有点想吐。借着手电光,我见同行的同事和领导们也都皱起了眉,实在太难闻了。然而,当我的手电筒光束照射到墓壁上,阴冷和异味带来的不适感瞬间消失了,我感觉心跳加速,目光再也挪不开了。

进入墓室,一道道门楣合理地分割了空间。门楣整体被刷上了红漆,当时的工匠以蓝色颜料细心地勾画出一朵朵祥云,以金箔绘制祥瑞之兽,使整个空间虽处地下,却如地上宫殿般金碧辉煌。环顾四周,四壁雕刻着12尊神情肃穆的生肖俑,每个身高80厘米,上身着广袖长衣,下穿长裙。生肖俑的边框和衣襟亦用金箔加以点缀,金光四射,可见工艺之考究。此外,枝叶茂密的牡丹树,张牙舞爪的青龙、白虎,引颈向天的朱雀、玄武(青龙、白虎、朱雀、玄武是中国古代的四神,分别代表东、西、南、北四个方向)……那些富丽堂皇、栩栩如生的彩绘壁画和浮雕,让进入墓室的所有考古工作者都深深地被震撼了。在黑暗的密室中,我借着微弱的手电光,感受着那穿越千年前来相聚的华美,不时驻足,流连忘返,甚至想就此盘膝坐下,欣赏个三天三夜。可这毕竟只是初步查看,连勘探都算不上,谁都没带专业的工具下来,因此,我们在墓室内停留了一段时间后,又恋恋不舍地爬出了墓室。

回到地面，我们激动地讨论着刚才的所见所闻，兴奋得手舞足蹈。这座墓规模不小，壁画精美异常，从四神兽和十二生肖的布置及整座墓的排面来看，我觉得墓主人一定不一般！他，或是她，是哪个朝代的？是什么人物？经历了什么？又是因为什么被埋葬在这里的？这附近是否会有关联墓葬？我们热切地希望马上对这座大墓进行发掘，为解开谜团，更是为了抢救性地保护其中的文物和遗址，以防盗墓者捷足先登。所有在场领导与专家们决定召开一个会议讨论发掘工作。作为第一个进入墓穴的考古工作者，我非常希望能参与此次考古，为此我查阅了大量资料，撰写了一份详细的考古方案，希望能由我们考古所主持考古。基于充分的准备，我在会上主动提出第一个汇报。听完我的汇报，领导和专家非常赞同我的方案，当即拍板决定由杭州市文物考古所主持，联合原临安市文物馆对此墓进行抢救性的考古发掘。

被黄朝荣带出来的石质墓志，给了我们一个初步答案，也奠定了此次考古挖掘工作的基调。它原本嵌于墓前室左耳室壁上，用楷书书写的志文为："维天福四年，岁在己亥，冬十有二月丁丑二十五日辛酉。吴越国恭穆王后扶风马氏，窆于钱唐府安国县庆仙乡长寿里封孟山，曰康陵。东至金容，西至凤亭，南至宁善，北至会仙，上至于天，下至于泉。永刊贞石于万祀年。""恭穆"即马氏谥号，后晋天福四年为939年，但"十有二月"即农历十二月，换算成阳历应为来年即940年的1月了。由此确定，此墓是吴越国二世国王钱元瓘之妻马氏的陵墓——康陵。

马氏是吴越王钱镠为儿子钱元瓘精挑细选的儿媳妇。马氏之父雄武军节度使马绰战功累累，年轻时就与钱镠结为至交。唐乾符二年（875）初，马绰与钱镠均为董昌的部下。董昌经常派钱镠点兵。有一次，钱镠将花名册弄丢了，虽然他能凭惊人的记忆力，逐一报出士兵姓名，但马绰敏锐地提醒他，董昌性格多疑，会猜忌钱镠如此强记，定有所图谋，不如在点兵时先用一叠白纸冒充名册。马绰的智谋成功地化解了此次险局，钱镠因此十分感激，后来将妹妹嫁给他，而马氏即马绰与钱镠妹妹之女。古人有表兄妹结婚亲上加亲的传统，马氏素有贤名，自然得到钱镠青睐，选为钱元瓘之妻。但是，马氏嫁入王室后，多年未能生育，便为钱元瓘纳妾，这更让钱镠感动，称其"延吾世祚者，汝也"。她虽然没有生育，可也为钱氏开枝散叶做出了贡献。此后钱元瓘的宠妃吴汉月，终于生下了忠懿王钱弘俶。次妃吴汉月与钱元瓘双双葬在杭州，原配马氏却埋骨临安，应该也是有故事的。

考古队在为正式进驻发掘现场做准备时，我驻足康陵前，心情激荡，环顾四周，细细观察这座墓葬的地理环境——它位于今临安区锦城街道西南11千米的玲珑街道祥里村上界头自然村庵基山东北坡。整座墓坐西南朝东北，背靠庵基山，墓的左右有松树山和青支山，略低于庵基山，似守护墓穴的青龙、白虎；环抱墓穴的三山，形成太师椅之状，让康陵稳稳坐落其中；墓前为宽阔的平原，平原尽头远远地有东山，与象山、凉山连成起伏的山脉，将陵墓与外界隔断，似世外桃源，不易受世俗侵扰。需要指出的是，康陵朝东北，天际线之处恰恰就是功臣山。功臣山脚下是钱氏世居地，钱镠从小在功臣山边长大，此山对钱氏家族意义非凡，因此钱氏家族墓地全朝向此山，康陵亦如此。

自然环境如此优越，可见选址的用心良苦。墓位于山坡地，接近山腰，不上不下，既不易淤积雨水，也能避风蚀；青龙、白虎两山镇守得力，背后父母山高耸可靠，这"太师椅"的地形中规中矩，藏风聚水，寓意后代子孙福泽绵延，永世富庶。这种山形也可以理解为佛陀的莲花座，而墓葬坐落在佛的怀抱中。毕竟吴越国有"东南佛国"的美誉,或许选址有这方面的考虑。

康陵:星空下的四神守护

1996年12月26日,考古队正式开始发掘康陵。根据此前准备阶段的勘测,我们已探知整座陵墓的走向,做好了挖掘方案。首先,我们在墓道上方布方,挖掘下去,终于找到墓道壁,在一番专业清理后,发现墓道的左壁保存完好,右壁却破坏严重。这是因康陵的填土是制砖的好材料,在集体经济时期,村砖瓦厂大量从这里取土制砖而造成的。我们继续探索,直到墓道外半部分全被挖去。这座墓的墓道壁较陡直,我贴近观察,可以清晰地看到其上的板筑痕迹。墓道的填土中含有大量青石块,大小不一,无规则地分布其中,随后又出土了4件残石臼。我们小心翼翼地踏着墓道前行,脚下路面由生土铺成,稍稍向下倾斜,直通墓门。墓道的左侧有一条砖石混砌的排水暗沟,为了保护墓道的完整,我们并未清理这条排水沟。

清理好墓道,考古队员们摩拳擦掌,整理好发掘工具和心情,准备正式"登堂入室"了。虽说我曾沿着盗洞进过墓室,但当时墓室内淤土累积,举步维艰,光线昏暗,难辨真容,仓促间的惊鸿一瞥也仅仅是走马观花,哪能了解到精髓。现在要堂堂正正地从"正门"进入墓内,开始全面专业地考察这座华丽古墓的内部,大家的情绪都空前高涨了起来。

我们握着小铲、小刷,将浮土一点点地清理出去,呈现在面前的,是一堵用长方形青灰砖错缝平砌而成的封门墙。这堵封门墙十分坚固,砖与砖之间用糯米石灰浆嵌缝,严丝合缝,我们拍照留下资料后,又小心翼翼取砖拆墙。

封门墙后,是一扇拱形红色砂岩大石门,这就是前室墓门了。我抬头看,墓门上方有四道拱券,每券依次内收约15厘米,简约大气,这种从西汉时起就沿袭下来的墓门造法,在五代时期已经成为普遍规则。在封门墙与门券面上,还抹有约0.5厘米厚的彩绘石灰面,残留的花卉图案依然精美,一朵朵米红色的缠枝牡丹花,争奇斗艳,分外妖娆。看着这些美丽的花朵,我心中不由得赞叹,墓门如此精细也罢了,连封门墙都做了彩绘,真是讲究。

进门后，我们顾不上细看，一鼓作气将前室清理完毕，累得筋疲力尽，便放下工具，原地休息。我在一旁喘了口气，带着惬意的心情欣赏着我们的劳动成果——墓内空间开阔，前室高高的穹隆顶由青砖砌成，顶部正中是方形藻井，用整块的红色砂岩铺顶，一直延伸到封门墙下，墓室墙壁上抹着素雅的白灰，斗拱上有绚丽的彩绘，而三面墙壁上的彩绘更是艳丽，每面墙有一株大红牡丹，色泽鲜亮，让人惊艳的是，花蕊上竟然还贴着闪亮的金箔，使彩绘熠熠生辉，格外华美，贵气十足。前室内立着一座石刻莲花灯台，精雕细琢，巧夺天工。

在前室的左右方，各有一间耳室，通过砖砌的拱形门，我们进入了左耳室，发现了很多零碎物件，有朱红色漆皮、小铁钉、铁锁、铁环、铜锁、铜环，七零八落地散在地上，不成规制。我心中凉凉的，这里有锁，就说明是用来锁东西的，那么被上了锁的那些东西呢？难道说，这里曾有许多成箱的随葬品？锁被打掉留下，而那些随葬品，此刻又在哪里？其中藏着怎样精美的宝物？是金器、玉器，还是其他华美的文物？左耳室正面的墙壁上，是空落落的一处嵌板凹槽，正对应着被黄朝荣带出去的那块青灰色墓志石。我略略放下心

墓门

来，如果那些文物只是被他带走了，或许还有希望追回。

勘察还在继续，我收拾好心情，与同事们一道向前探索。接下来，就是令人心动的墓葬中室了。在前室的地面，我们看到倒下的中室墓门，这是一扇长方形红色砂岩石门，石门上端为斜角，设有铜榫卯眼，门的正面雕有乳钉、铺首的装饰，门背面有母子口，之前用于嵌入门框内。倒覆的石门上，还放置着紫砂岩质地的长明灯底和灯台。它们本不该如此随意放置，却被盗墓者搞得乱七八糟。我内心叹息着，与同事们小心翼翼地绕过地上的石门，轻手轻脚地陆续踏足中室。

进入中室，首先映入眼帘的是正中间的一张供桌，整张桌子由青灰岩石雕刻而成，桌面上刻着精细的花纹，下方的方形座四围落地，四平八稳，四面均是镂空的如意形台门。我围着供桌转了两圈，惊叹于它做工之考究，纹饰之精美。据黄朝荣说，他正是从中室取出了那些秘色瓷。那些瓷器都是供器形态，理论上原本应该放置在这张供桌上。

我望向中室的墙壁，左右两侧的墙上是五彩缤纷的华美画壁，观之令人心折。画壁的正中各绘有一株硕大的牡丹花树，比我们有些队员还要高些，测量后竟有1.8米。整面墙壁布满了盛开的牡丹花。大红的牡丹艳丽无俦，色彩鲜明夺目，花蕊用菱形金箔点缀，以绿叶衬托。红、绿、金的反差，以及画工的大开大合，使其极具视觉冲击力，在并不明亮的光线下，它却仿佛要跃出画壁，摇曳生辉。画壁上方墙角，赤红色的云气纹氤氲连绵，缥缈中藏着仙灵庇佑中的升仙之路，下方墙角朱红色火焰纹涌动如潮，带来吉祥与光明，焚尽阴霾与邪恶。满壁的大红色，鲜艳夺目，即使历经千年，依旧色泽不减，好似昨日才画上一般，这便是古代矿物质颜料的好处，只要保存得好，千秋万载不易褪色，通常在鉴别古画时，由此便能辨真伪。

前室和中室的雍容华贵令我们叹为观止，可好戏往往都在最后上演。我们终于跨入后室，经过一番埋头清理，映入眼帘的，便是金碧辉煌、穷奢极侈的华贵景象。这也是最令我震撼的一处，不由深深惊叹于古人的审美与智慧，在生与死之间，他们饱含着丰富的想象力。我们仿佛透过这沉降地下千载的墓穴，看到了吴越国时代繁盛的荣光。

后室是一间长方形的墓室，四壁和顶部都由整块的红色砂岩石板构筑而成，浑然一体，大气磅礴。后室有着与中室相同的墓门、门框和短甬道，中规中矩，然而门的背面，也就是朝着后室的一面，有着精细的雕刻。墓门雕刻分为上、下两部分，上部雕凿了如意浅龛，龛内是瑞兽圆雕，一只通体红色的朱雀，正昂首挺胸、展翅欲飞。墓门下部雕刻出三个龛，龛内各立着一个石雕人俑，每人胸前手捧着一种生肖。它们头戴宝冠，将红色冠带系于额下，身上穿着交领的大袖宽袍，袍服色彩鲜亮，还贴着闪闪发光的金箔。

后室其他三壁，与墓门对应，构成四神兽守护之势，在其下方又各有三神龛，各龛内人俑俱抱一生肖，合成十二生肖守护之意。与墓门不同的是，其他三壁在四神兽上方，有宽带状盛开的牡丹花彩绘，下方则是如意覆莲瓣纹，当中雕刻了一朵怒放的牡丹花，雕刻之余还添了色彩，分外精细。三壁的四神兽中，左壁为青龙浮雕，用红、白两色勾勒出轮廓，身体则是青蓝色，在龙睛和龙唇上施以金箔，龙身修长，正在昂首腾跃，张牙舞爪，腾云驾雾，遨游寰宇。右壁是白虎浮雕，用红色勾勒线条，白虎身上有着黑色条纹，虎口、鼻、眼上都贴有金箔，这只白虎眼大如铃，长舌外吐，牙尖爪利，神态凶猛，孔武有力，作势欲扑。后壁所凿的如意浅龛与门后的朱雀龛遥相呼应，龛内雕刻的正是玄武。玄武便是龟蛇神兽，神龟通体玄黑，唇部及龟甲边缘贴着金箔，它伸颈仰视，望向灵蛇；灵蛇则通体金箔，缠绕在神龟身上，俯首望龟。玄色神龟与金色灵蛇隔空对视，相互吐着红舌，不仅色彩对比强烈，那种互动感，甚至让你觉得它们此刻就是活生生的，在纠缠颠倒，在交流回应，象征阴阳和合，后世子孙绵延不绝。

这三壁下部的雕刻与门背如出一辙，人俑神态各异，正对应着怀抱中的生肖小兽，共雕刻了十二生肖，自左壁正中的"子"开始，依顺时针排列，子、丑、寅、卯、辰、巳、午、未、申、酉、戌、亥，对应十二地支方位与十二时辰，以及十二生肖守护神。用生肖人俑做镇墓物，发端于南北朝时，隋唐时已常见，盛于五代两宋。古人意欲借助地支生肖神兽的旺盛生命力，一方面厌胜辟邪，另一方面也是对逝者仙灵的守护与祝福，它是古人事死如事生的终极表达方式之一。

四神兽与十二生肖，是隋唐后到五代较为流行的墓室装饰风格，康陵中陈设的华美令人赞叹，但更令人叹为观止的是其中的写实天文图。这张刻于后室顶部石板正中的天文星图，是我国目前为止发现的最早的一幅石刻天文图。天文图整体用单线阴刻出紫微垣和二十八星宿，由内至外刻有三个同心圆，表现出内规、外规和重规，以划定天球维度坐标。

在同心圆外缘，有一道宽 4 厘米的白色条带穿越星空，颇似银河。星呈圆形，整个星象图共绘有 218 颗星，原本应该都用金箔贴饰过，因岁月沉淀，部分金箔已经脱落。星与星之间以单线相连，构成各个星宿形状，连线及三个同心圆原本也都贴了金箔，但也部分脱落了。

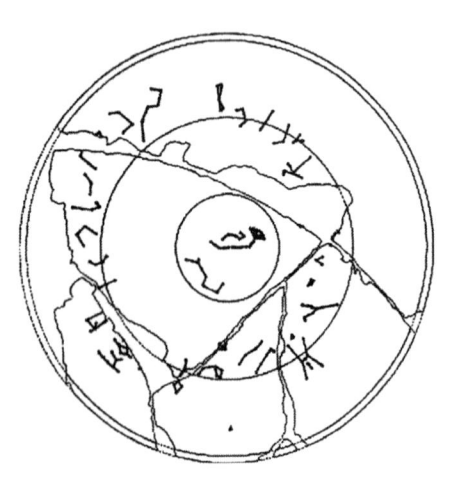

钱元瓘墓后顶部石刻天文图摹本

这张星象图中标示银河的画法，在以往发掘的钱氏家族墓中从未出现过。星图中的内规即天球北极，包括北极、勾陈、华盖、北斗七星。内规与外规之间规整地分布着二十八宿：东方七宿是角、亢、氐、房、心、尾、箕；北方七宿是斗、牛、女、虚、危、室、壁；西方七宿是奎、娄、胃、昴、毕、觜、参；南方七宿是井、鬼、柳、星、张、翼、轸。星辰本身的位置，星与星之间构成的形状，刻画位置相当精确，不亚于很多明清时期建筑中藻井内的传世星图。整幅天文图所刻的星象完整无缺，比以往在钱氏王室墓中发现的天文图更加精美绝伦，其准确、精细程度放在同期的世界范围内来看也是非常罕见的。这从侧面体现出五代吴越国在天文学方面的突出成就。将星图绘制在古墓中，是为了让逝者在死后依旧能看到生时曾与人共赏的景象，颇有种"但愿人长久，千'年'共婵娟"的味道。

后室的正中便是富丽堂皇、雍容华贵的棺床，由整块的红色砂岩制成，四壁都是连绵不断的缠枝花卉彩绘。棺床左右各有两根抹角石方柱，正面是用纯金箔贴出的凤凰，正引颈飞升，似要奋力牵引石棺上天。棺床前后的石额枋整体为拱形，前高后低，两端呈圆形卷云状，用榫卯连接着石柱。

额枋两面也用金箔镶缀着两只相对而立、振翅欲飞的凤凰，凤凰周身萦绕着绿白相间的云彩，若隐若现间，如临仙境。

如此华丽的棺床，到底是谁沉睡其中？虽然墓志指明为马氏，但整座陵墓中，我们只在棺床的右侧发现了一副人骨架，头骨朝向墓门，身体的骨骼早已散乱。史书对于马氏王后没有太多记载，但这具骸骨大概率是她。骸骨身周散布着大量的小件玉器，头部、颈部和腰部的玉饰最多。棺床四周散落着一些棺钉、蚂蟥鋬、铜包皮，既然有用于固定和衔接的零件，原本应有木质的葬具，如今去了何处？此外，在棺床的四周，也发现了2枚铜镜、6枚开元通宝钱、若干银花片。我免不了又是一阵感慨，一个富庶王国一国之后的陪葬品，应该远远不止于此，若是没有此次发掘，怕是全部都要落入盗墓者手中，流落他方。

直到此时，整个康陵的清理工作告一段落。这座大墓如今已完整地呈现在我们面前：康陵为斜坡墓道的长方形竖穴土坑砖石结构墓，全墓平面呈长方形，墓室长约12米，宽2.1米，高2.55米，分为前、中、后三室，前室两侧各有一间耳室。墓道倾斜角度为45°，墓底前后高差7厘米，自里向外每层渐低。前室由砖砌而成，中室和后室都是砖椁石室。

早期盗洞口下方遗留的凤冠上的玉片

我们在康陵的此次发掘，共出土了随葬器物312件，其中包括精美的秘色青瓷、玉器、铜器、银器、铁器、木器和石雕等。当然，此前被黄朝荣带出墓葬的很多随葬品，也被追回了，包括秘色青瓷器、玉器、金器及墓志等共120件。

虽然我们的考古技术已经在不断进步，能够将随葬品运出去妥善保存，但对于墓葬内的壁画，因为敞开墓葬后，干湿、明暗环境变化，这种珍贵的文物很可能"见光死"，在技术上无法实现原样保存。当年定陵的"灾难"众所周知，很多文物运出古墓后，接触到外界空气，迅速发生氧化等化学反应，鲜艳瑰丽的文物瞬间褪色、碎裂，甚至直接零落成灰，周恩来总理十分痛心，直接下达指示"百年不动帝王陵"。为了不重蹈覆辙，更完整地保护文物，1997年3月，浙江省、杭州市文物部门有关专家建议对康陵进行"覆土封存保存"。同年4月，临安市文物部门又邀请国家壁画保护专家曹勇等二人来对康陵壁画保护进行技术指导，得到的建议也是对康陵壁画实施封存保护。同年8月，为了保护这一江南千年古墓，临安市文物部门重新封砌康陵墓门，封堵盗洞，回填墓道，在墓葬右侧新砌了保护性石墈，并在康陵周边征用了5.515亩土地，圈筑起围墙和大门，对康陵进行全方位保护。

奢华却悲催的钱氏九大墓

在杭州地区，文物部门进行了吴越国时期的诸多文物考古发掘，其中最重要的当属吴越钱氏家族墓。王室墓葬结构相对完整，规格又很高。这些钱氏家族墓葬中，出土了大量内容丰富、制作精美的随葬品，成为今天研究吴越国历史的第一手资料。

1958年，首座吴越钱氏家族墓在杭州施家山南麓出土，编号杭M26。墓主人名吴汉月，是吴越国二世国王文穆王钱元瓘的次妃，也是忠懿王钱弘俶的母亲，身份极为尊贵。她自幼入宫，成为钱元瓘的宠妃后，依旧提倡节俭，仁慈爱民，而她的儿子钱弘俶，正是那位献国于宋的末代国王。他深受母亲的影响，以百姓福泽为重，放下一家一姓的权柄，避免了吴越国的战祸。吴汉月卒于952年。其墓葬的主体由石板紧贴土圹构筑形成石椁，椁内又分为前、后两个长方形主室，墓室内的石刻与彩绘装饰颇为考究，与我们所挖掘的康陵颇为相似，也有四神兽和十二生肖，室顶虽有星图，却略逊于康陵。在发现吴汉月墓后，吴越国的真实历史渐渐在我们面前展开，也拉开了吴越国钱氏家族墓葬考古发掘工作的序幕。

4年后的1962年，第二座钱氏家族墓被发现，位于临安功臣山脚，编号临M20，墓主人是吴越国的创建者武肃王钱镠第十九子、文穆王钱元瓘的弟弟、庐陵侯钱元玩。钱元玩墓的主体结构和墓内装饰与吴汉月墓基本一致，规格也很高，只在石椁与土圹之间增加了一层砖结构。

又过了3年，钱氏家族最核心人物钱元瓘的墓葬被发现，令人欣喜。1965年，杭州市郊的玉皇山脚，在距离吴汉月墓不远处，钱元瓘墓现世，编号杭M27。钱元瓘是武肃王钱镠第七子、吴越国二世国王，谥号文穆。钱元瓘墓在建筑材料、构筑方式以及墓内装饰上与钱元玩墓如出一辙，但是作为王陵，钱元瓘墓不仅有前、中、后纵向三个主室，而且在前室左、右两侧还各有一个对称的砖砌耳室，在规模上明显体现出王者之风，远非钱元玩墓所能及。将王室两兄弟的墓葬，及宠妃吴汉月、王后马氏的墓进行对比，会发现康陵也有三个主室，带两个耳室，可知即使王后马氏的埋骨之地远离她的国君丈夫，却规制不降，她与夫君享有同等待遇。

"文化大革命"期间，考古人员在临安县城东北角太庙山清理了临M22，此墓距吴越国武肃王钱镠墓域之东不到200米，推测墓主为吴越国的显贵宠臣或钱氏家族成员。1970年，在临安板桥公社（今板桥镇）金家畈村西北后半山南坡，考古人员发掘了临M21，根据残破的墓志推测，墓主可能是吴越国外戚或钱氏相关人物。1979年，在杭州三台山清理出的杭M32，经综合分析，墓主应该也是与吴越钱氏有关的人物。此后，1996年末至1997年初，在临安玲珑镇祥里村我们发掘了这座康陵，亦即临M25，再加上在临安明堂山发掘的晚唐时期钱宽墓（临M23）、水邱氏墓（临M24），迄今为止，杭州地区考古发掘的吴越钱氏家族墓已达9座之多。

那么现在来对比一下这9座钱氏家族墓，结果就很有意思了：吴越国王室在丧葬习俗上相当循规蹈矩，在墓葬形制上基本有两种墓型，要么是舟形双主室多耳室砖墓，要么是长方形石椁墓。两种墓都在后室设置棺床，砖墓就用砖棺床，如水邱氏墓；石椁墓就用石棺床，如康陵。

钱氏王国有国72年，治杭80余年，对于推动江南区域经济的发展与文化的繁荣功不可没。对钱氏家族史的研究也

钱王陵园

一直是浙江区域发展史研究的重要组成部分，9座钱氏家族墓的发现发掘，无疑为这一课题的研究提供了宝贵的实物资料。吴越国历经三世五王，不仅有很多直系的王室成员，也有众多旁支、外戚、宠臣，这是一个庞大的统治集团。这些钱氏统治集团成员的墓葬，绝大多数应该散落于杭州境内各个神秘的角落。9座大墓，也只是这个传奇大家族墓葬的冰山一角。今后，我们还将耐心地找寻其他钱氏家族墓，期待更令人惊喜的发现。

吴越国"富庶盛于东南"，虽然尊佛崇道，提倡黄老无为之道，但作为富庶地区的最高统治者及其嫔妃、亲属，在营造自己的灵魂归宿时，他们真可谓不遗余力，事死如事生，极尽奢华。钱氏墓葬的规模都不小，比如康陵，即使在被盗破损后，墓葬长度也超过了26米。钱氏墓葬的结构也都较为复杂，主要体现在舟形砖室墓上，比如临M21，其主室两侧共有耳室6个，壁龛更是超过10个，并且有很多石雕的壸门，这都是需要工匠一斧一凿在岩石上纯手工雕琢出来的。而石椁墓的营建比砖室墓更为讲究，整个石椁用数块大型的红色砂岩厚石板构筑，杭州本地可不产这种红色石材，要从外地运输，如此大块，陆路运输艰难，更可能是走水运。长途运输不仅成本高昂，也耗时费力，足见钱氏在建墓选材上的用心良苦。

钱氏家族的墓葬内遍布彩绘壁画，有些还做了石刻，甚至在石刻上也进行精美的彩绘。满壁色彩艳丽的装饰，都是匠人们精心设计、一笔一画描摹而成，整个墓室仿若地下宫殿般富丽堂皇。深埋在地下的阴宅尚且如此，生时所住的皇宫内苑又将是何等瑰丽辉煌？钱氏所有墓葬的装饰技法、内容与布局基本雷同，除了因身份不同而规制略有差距，整体上有着固定格式，莫非王室墓葬的装饰设计均出自一人之手，或是一派传承？

吴汉月墓、钱元玩墓、钱元瓘墓以及康陵，不仅葬制相近，墓内装饰也大同小异，最重要的后室在装饰上更是如出一辙。4座墓在后室都采用彩绘壁画与石刻两种技法，室顶均为石刻天文图，四壁自下而上的装饰内容毫无二致。下部浮雕十二生肖人俑像，每像各居一龛，神态各异，头上戴冠，宽袍大袖，双手稳稳地将生肖抱在怀中；中部浮雕是四神；上部雕刻着宽带状牡丹花图案，每组图案由一大一小的牡丹花组成，尽显堂皇之采。

我们在康陵后室墓顶看到的写实天文图，是钱氏家族墓的特色产物。晚唐钱宽墓、水邱氏墓，吴越国时期的吴汉月墓、钱元瓘墓的后室顶部全都有石刻天文图。钱氏墓中的天文图与现实中的星座一一对应，星位也丝毫不差。在墓中呈现出完整真实的星空，尽现古人对苍茫宇宙的向往，对飞升天界的幻想。精美且精确的钱氏墓星空图，是我国古代劳动人民对世界文化的杰出贡献，也为我们研究古代天文学史提供了极宝贵的科学资料。尤其是我们在康陵中亲眼所见的天文图，完整地保留了二十八星宿的218颗星，比前期出土的钱氏家族墓天文图更准确、完整，图中竟然标示了银河，也远超其他钱氏墓的天文图。这张石刻天文图，充分反映了吴越国在天文学上的突出成就。在古墓中放星图，古已有之，《史记》中记载秦始皇陵便有"日月星辰，江河湖海"，江河湖海是让水银在地下沟渠中流动，而星辰便是用宝石缀成的星图。西安交通大学西汉壁画墓中也有彩绘星图，完整地绘有二十八星宿，这种需掌握天文学知识的绘图，一般都由有文化的宫廷工匠绘制，绝非民间画工能够染指。

钱氏大墓各个精美绝伦，陪葬品也是极其奢华，那么吴越国的这些特权享有者是如何保障自己的阴宅千秋万代不受打扰呢？他们确实煞费苦心，墓室用整块石材营建，石板之间利用万年牢的榫卯结构牢牢相扣，又用封土层层夯筑，墓内还砌有防止水患的地下排水沟，在密封好的石质墓门前，还严丝合缝地砌着封门墙，真可谓固若金汤。只可惜道高一尺，魔高一丈，中国自古以来盗墓成风，盗墓贼的技术也与时俱进，正门难入便不走正门，另辟蹊径，乱打盗洞，我们所见的吴越钱氏家族墓无一幸免，真是防不胜防。9座钱氏墓中，很多墓只出土了十来件器物，也许是当时地下泥水交加，盗墓贼匆忙间忽略了它们，才幸存下来，有的甚至被完全掏空，只剩个壳儿，唯有晚唐钱宽、水邱氏夫妇墓与吴越国康陵保存得相对较好。两座墓虽遭盗，但除金银饰外，还保存了大量瓷、玉器，说明是早期盗墓。但即便随葬品几乎被盗墓者洗劫一空的其余几座墓，从留下的随葬品看，其种类之丰富，制作工艺之精湛，绝非寻常富贵人家所能媲美，而这些吴越国的特权人物在死后依旧尸骨不安，也大多受这些华美之物所累。

钱氏墓众多的随葬品中，大部分是瓷器，以青瓷为主，白瓷少见，除了钱宽墓与水邱氏墓随葬品外，我们仅在几乎被洗劫一空的吴汉月墓中找到了一件白瓷碗。此碗胎色灰白，连白釉也微微泛灰，其碗口外撇，唇较厚实，碗壁则斜向内收，圈足较浅，整体造型与南唐二陵出土的白瓷碗颇为相似。白瓷因其工艺要求略高于青瓷，需要降低瓷土中的铁含量，因此更加稀有，代表着中国瓷器的更高审美，也成为后世瓷器烧造的一种普遍追求。从邢窑、定窑到永乐甜白瓷，白瓷烧造是非常值得中国人自豪的瓷器工艺。

相比于白瓷的罕见，墓中的青瓷就显得普遍多了，几乎所有的吴越钱氏家族墓中都有青瓷出土。这些青瓷器型丰富、精致美观，包括方盒、瓜棱盖罐、碗、盘、执壶、托盘、水盂、粉盒、盆、盏托、唾盂、四系罐、瓶、洗、碟、器盖、缸等。所有青瓷施釉均匀，青中泛黄，釉质温润而朦胧，尽显浑厚稳健之风。其胎釉结合非常紧密，均产自越窑，工艺相当成熟。我们在康陵见到的青瓷器以素色为主，造型朴素大方，而其夫君文穆王钱元瓘墓中，有一件青瓷龙瓶，造型浑厚，器身上有浮雕蟠龙，雍容端庄，龙身残附着三小片涂金，实为五代越窑之精品。

秘色瓷是中国古代青瓷史上的传说，也是文玩界津津乐道的稀世珍宝，一句"九秋风露越窑开，夺得千峰翠色来"，让后世对秘色青瓷无比向往。周辉的《清波杂志》记载了秘色瓷的由来："越上秘色器，钱氏有国日，供奉之物，不得臣下用，故曰秘色。"秘色瓷是吴越钱氏下令烧造的御用器物，为进贡朝廷的一种特制瓷器精品，连大臣都没资格沾边，普通百姓更是不得见。也有人说，唐代时已有"秘色"，在法门寺地宫出土的青瓷，被作为秘色瓷实名登记在册，一时之间成为秘色的标准色。而钱氏既然将"秘色"作为宫廷御用，那么带入墓葬，作为死后日用，也顺理成章。吴越钱氏家族墓中出土的青瓷器，很可能就是文献中记载的秘色瓷，康陵出土的瓷器应该全是秘色瓷。无论这一推断是否准确，吴越钱氏家族墓中出土的青瓷都是本地特产，是吴越地区终日辛劳的匠师们集思广益，在前代制瓷技术上的创新之作，体现了当时越窑制瓷技术的最高水平，具有极高的艺术价值。

吴越钱氏家族墓中也出土了众多金器、银器、铜器、铁器、玉石器、漆木器、骨角蚌器等随葬品。这些器物造型丰富优美，工艺精湛绝伦，是极具艺术鉴赏价值的文化瑰宝。康陵中出土了大量玉器，作为一国之后的随葬饰品，这些玉器不厌其精，选玉材料上乘，件件晶莹剔透，琢玉工艺变化万千，雕刻精湛，惟妙惟肖，具有强烈的写实风格，堪称代表五代制玉的顶级工艺。康陵中数量众多、制作精美的玉器，为我们弥补了以往在其他钱氏家族墓中只见残器的遗憾，这批玉器的发现，也填补了我国五代时期玉器发展水平研究实物材料的空白。

第四章 一缕荷香下 沉浮临安府治

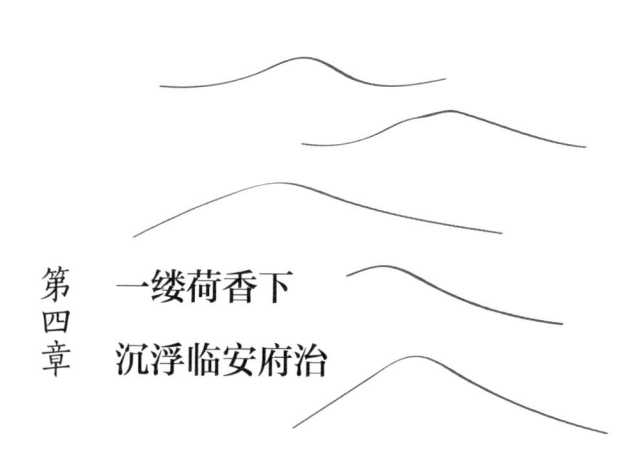

"毕竟西湖六月中,风光不与四时同。接天莲叶无穷碧,映日荷花别样红。"

这是南宋杨万里笔下的西湖荷花。这首诗不仅成为杨万里的代表作,亦成为后人谈及荷花便脱口而出的诗作。昔年临安的荷花池头,既有着西湖接天莲叶的情趣,也是临安府治的衙门重地,别有一番意境,正是很多如杨万里一般的宋时文人所流连忘返的胜地。

如今的荷花池头,只是条小巷子,优雅轻盈的名字,让人很难将它与南宋时期的官衙联系起来。小巷位于清波门东侧,南起河坊街,北折西至南山路,也算处在闹市区,只是时下这荷花池头,既不见荷花,也没有池塘。然而在南宋时期,这里确实有着一处风荷摇曳、芙蓉盛放的幽静小池。南宋时,此处被称为"流福坊",一说荷花池属于净因寺,后为临安府治所在。到了明代,此处更名为"荷花池头"。清代姚礼所撰的《郭西小志》记载:"荷花池头,在清波、涌金两门

一缕荷香下沉浮临安府治 | 159

之间，地近勾山，相传明时赵指挥（武官）所浚，藕花虽无，遗址犹存。"这位赵指挥使在此处建了荷花池，后来连花带藕都挖没了，只有空空的荷花池还留着，沿袭故景名为"荷花池头"。

即便到了今天，荷花池头依旧是个艺术气息浓厚的地方，它靠近中国美术学院，小巷40号便是当代著名书画家、原浙

柳浪闻莺（韩盛 摄）

江美术学院院长潘天寿（1897—1971）的故居。这幢两层三开间西式别墅，在杭城的众多民居建筑中别具一格，却并不显得突兀，反而宁静、妥帖地融入其中，它建于20世纪40年代，现在是潘天寿纪念馆。相隔不远，荷花池头31号，便是我国桥梁专家、钱塘江大桥设计者茅以升的旧居。这幢20世纪30年代所建的中西式两层别墅，现已被改为一个艺术空间，保留了外部的青砖古瓦和内部的木质天花板。

荷花池头，流转之地

我年轻时，经常对照着古地图，构想着那些著名的地标800多年前都是何等的风姿绰约。根据《咸淳临安志》的地图和记载，南宋的临安府治在如今杭州上城区河坊街荷花池头一带，清波门北面，大致包括了现在西至南山路、东至劳动路、北至孔庙、南至河坊街之间的一大片区域。

当然，当年的临安府治也像南宋的行在一般，几经搬迁。

在宋高宗把杭州升为临安府之前，杭州只是个普通的州级行政区，州治在凤凰山吴越王宫旧址。但宋高宗看上了凤凰山，定都临安后，在凤凰山东麓修建了皇宫，临安府治迁至清波门北净因寺旧址，安驻百余年。据《乾道临安志·卷二·府治》记载："府治，旧在凤凰山之左……建炎四年（1130），翠华驻跸。今徙治清波门之北，以奉国尼寺（净因寺）故基创建。"《乾道临安志》中关于搬迁的记述没有写明具体时间，但此书成书于乾道五年（1169），"今"，当指此前不久。

《宋会要》中记述了关于府治搬迁的两个小插曲。南宋建炎四年（1130），皇宫选址落实后，临安府的官员们为了不再寄人篱下办公，中书舍人季陵提议，将临安府治迁到临安城北祥符寺附近（今灯芯巷社区一带）。然而皇宫和三省六部等中枢官署都在城南，临安府里要盖个章，送个文件，便要穿过整个临安城，那时候又没有公交、地铁，城内坊市日常不适合跑马，办事员主要靠步行往返，一个来回一天时间就浪费了，走个办公流程相当不方便。官员们便萌生了搬迁府治的想法。两年后的南宋绍兴二年（1132），知府宋辉有言："昨得旨，将州学改充府治。"

临安府治迁至西湖边后，在波光粼粼的西湖盛景的浸润下，在文人雅士的流连与吟诵间，越发文气氤氲。然而官员们毕竟是来办公的，只能趁吃饭时在景色宜人的府治内午休一下，并不清闲。

历来天子脚下多纷争，能做京官的，绝不会是些只知风雅、不通世故的素官，要平衡各部高官与京畿事务之间的对接，要照顾好皇亲国戚、三公九卿的面子，临安知府这把椅子，没点背景后台的人，绝对坐不踏实。

因此，临安知府基本由宗室和皇帝亲信任职，连太子都曾兼职府尹。宋孝宗乾道七年（1171）四月到乾道九年（1173）五月，太子赵惇当了两年多临安府的最高长官，也算是准皇帝实习期的政务演习。赵惇身为太子，未来是要坐在龙椅上的，他坐过的椅子，谁还敢坐？赵惇卸任后，下一任临安知府不仅不敢坐那把椅子，连那间办公室都要供起来，闲人免进。知府大人识趣地搬到正衙东侧的东厅办公——天家威严，断不容僭越。

从南宋建炎三年（1129），南宋朝廷将杭州改为临安府，到1276年南宋覆灭，换了150多位临安知府，没几个能在任上待满三年，仅赵时侃、赵与筹、赵师睪、袁韶、梁汝嘉这

浙江省博物馆内展示的南宋临安市井街巷沙盘（田建明 摄）

五位做满三年，真是凤毛麟角，而周淙、王佐二人任期接近三年，也是不得了了。大名鼎鼎的文天祥，1276年正月被任命为临安知府，在任仅仅19天。此时的南宋，已如冬风中萧索的残叶，荷花池头的湖光山色，也无法驱散文天祥眉间的愁容与心中的悲戚。

做临安知府不仅要有过硬背景，也需要胆识，这个虎踞龙盘之地，处处难缠还要处处盘。

赵子潇是宋太祖赵匡胤一脉的皇室后代，他曾两任临安知府。按说皇室血脉本应该仕途顺遂，一路绿灯，但他毕竟有着南宋文人士大夫"以天下为己任"的情怀，也曾因为想做点实事而甘愿冒极大的风险。元宵佳节，杭州坊市间张灯结彩，热闹非凡，人潮如织。有个无赖自刻一枚有"我惜你，你爱我"六个字的印章，涂上五色墨油。他混入人群，摩肩接踵之际，乘人不备将字印在女子衣服上，女子发现后无不羞愤，一时间出游的女性人心惶惶。赵子潇作为临安知府，当然不能纵容无赖对百姓的骚扰，他派出几名假贵妇，诱敌上钩，当场便抓住无赖，审问后顺藤摸瓜，得知无赖的后台竟是宗室子弟，并且与宋高宗有着千丝万缕的联系。旁人皆不敢问津此案，独独赵子潇，作为皇室宗亲，他仗着辈分大一级，便以"叔父"名义，抓来无赖背后的宗室子弟，"巨梃笞之"，狠狠打了一顿，事后立刻上书朝廷"自劾"——打了就打了，大不了老子不干了！宋高宗见事情闹到这种地步，终究无可奈何，赵子潚则成了黎民百姓心中有决断的好官和同僚心中刚直不阿的典范。

赵子潚因有宗室身份，可以横着走两步，而同样两任临安知府的马光祖，并没有强大后台，凭的只是士大夫的风骨。

宋理宗时期，皇帝沉迷酒色，懒得理政，遇到灾荒，调剂不当，一国之都临安竟然缺粮，一时之间米贵如珠，百姓苦不堪言，几乎饿死人。宋理宗的亲弟弟荣王赵与芮家中囤积的粮食，堆得像山一般，却宁可烂在仓库里，也不肯放粮救济。身为临安知府的马光祖见临安百姓挨饿，心急如焚，他接连三日请求谒见荣王，荣王却推说有事，不见。被拒绝三次，马光祖驴脾气也上来了，索性就地安营扎寨，"卧客次"，直接睡在王府。荣王尴尬极了，都没法光明正大地出门，只好被迫出来应付他。南宋的皇帝大多有生育困难症，宋理宗无子，荣王的儿子便被立为太子。马光祖见到荣王，却不管他是什么未来国君的亲爹，直接教他做人："天下孰不知大王子为储君，大王不于此时收人心乎？"荣王却抠门得很，依旧推说自己家也没余粮。马光祖却早有准备，事先对荣王做了资产调查，从怀中拿出个小本子，念道："（荣王你有）某庄、某仓若干……"荣王一看，这简直是抄家的阵仗，惹不起，只好开仓放粮，由此"得粟活民甚多"。

今日来到荷花池头，总会有种处于市井繁华之地的迷失感，这里真的曾有过800多年前那个让人肃然起敬的南宋第一衙门吗？往事如烟，却并未抹去一切痕迹，我们在史籍的草蛇灰线里寻根溯源，临安府治毕竟是当年临安城重要的政治地理坐标，它可能被岁月淹没沉淀，却绝无可能凭空消失。

临安府治水落石出

2000年仲春时节，杭州的旧城改造进行到了上城区河坊街的荷花池头。杭州市文物考古所为配合这一工程，在5—8月，对这一区域进行了抢救性考古发掘。考古分两个时间段进行。第一阶段在5—6月，我们发掘了120平方米，在遗址中发现了用"变形宝相花"印花方砖铺地的正厅、素面方砖铺地的厢房以及有砖砌排水设施的天井等遗迹。第二阶段在7—8月。因为发掘区的中部有现代建筑，只能避过，故此，我们分南、北两区进行考古发掘工作，在北区共揭露面积470平方米，南区发掘了410平方米，考古区域总面积达880平方米。在3个月的高温作业期间，我们挥洒汗水、兢兢业业、小心翼翼。挖出的遗址保存完好，营造考究。那里出土了大量的宋代遗物，不仅有建筑构件，还有许多日常生活用具和各色练兵器材。

遗址的地层堆积分为五层，我们逐层探索下去，慢慢深入悠久的历史。第一层是现代层，也就是我们今天所见的土层，覆盖着灰褐色的硬土，这一层出土了一些近现代的遗迹和遗物；第二层是明代文化层，有松软的灰黑色土壤，其中夹杂着大量碎瓦片，还有许多明青花瓷片和其他遗物；第三层是元代文化层，有着灰黄色的硬土，大多是夯土地面，里面夹杂着龙泉青瓷的碎片；第四层都是黄褐色的硬土，只出现了少量的青瓷和青白瓷；第五层有着松软的灰黄色土壤，其中是大量炭灰和火烧过的砖瓦，出土了一些青瓷、青白瓷和建筑构件。第四层、第五层两层都是南宋文化层。第五层

"变形宝相花"地砖

以下便是我们的目标层，也是我们发掘出来的南宋临安府治的建筑地面。

在这些时代层中，明代地层的主要遗迹有储水设施遗迹、房屋遗迹和夹泥砖墙遗迹，元代地层中有两处房屋基址和一处水井遗迹，宋末地层中的则是砖铺的路面遗迹。深埋在时代层最底部的，才是本次勘探的主要遗迹，它有厅堂，有庭院，有天井，有厢房，还有回廊，是一组日常功能齐备的封闭式建筑群，所有建筑基础按部就班地原地列席，像在向我们展示当时的官场生活。那么，它是不是书上记载的临安府治？若是，书中记载的临安府占地极广，它又是其中哪一部分呢？

我们结合考古发现进行分析：故宫三大殿有金砖墁地，能以这种方式铺地面的，绝对不是一般民居，而此处遗址以富丽雍容又吉祥的"变形宝相花"方砖铺地，规格定然不低，这意味着我们找到了不得了的所在。

我又对照《咸淳临安志》进行分析，这应是临安府治中

红火烧地面

轴线上的建筑，而从现场的遗址和遗物状况判断，它被沿用到元代，曾经历过屡次修缮。

经过一番探察，我们得出结论：它确实是我们一直在苦苦寻找的临安府治。

我们又将其与《咸淳临安志》所附的《府治图》对照，发现这些建筑遗迹和图中诵读书院部分吻合。由此可见，此处应是临安府治诵读书院，其厅堂、天井、西厢房和庭院的遗迹历历在目。

堂堂南宋首府衙门被我们发掘出来了！我们激动无比，

临安府治考古现场

很快，来自北京的几位国家级考古专家得到消息后立刻来杭开展实地考察，最终确定这正是南宋都城的临安府治。临安府治遗址不仅规模宏大，其官府建筑式样更是中国都城考古史上无与伦比的，它的重要性堪比我们前期挖掘的太庙遗址，而无论是实地遗址范围，还是建筑样式的完整性上，它都远远超越了太庙。

2000年，也就是发掘的当年，临安府治遗址便入选了该年度"全国十大考古新发现"，震撼了当时的整个考古界。与太庙遗址一样，临安府治目前不适合长久暴露，需要继续保护，因此在发掘后，我们依然将其回填，让它完好无缺地继续沉睡。

临安府治的书院厅堂遗址占地面积约480平方米（南北长34.4米，东西宽14米），比一个标准的篮球场还大。从台基的种种痕迹判断，这间厅堂可能有前后两进，其中，被我们揭露出的北区厅堂和后廊区域的面积有近百平方米，在北厅的中央区域，华丽丽地用了22平方米的"变形宝相花"印花方砖墁地，厅堂的前廊与后廊则用素面方砖墁地。后廊有1.6米宽，西端残存着一块灰白色的太湖石柱础，后廊临着天井。我们通过天井的宽度和这块太湖石与天井的距离推测，

2001年，山东济南，临安府考古挖掘汇报会

临安府治的厅堂应是面宽三间。

天井位于厅堂后廊之北，占地面积64平方米，地势上略有点坡度，东北高、西南低。天井的西端有一条长方形青砖错缝竖砌而成的排水沟，平行于西厢房台基压阑石。南北朝向的排水沟经过一道石构壶门，长长地延伸到厅堂底部，大雨倾盆时，沟将积存的雨水导出去，雨水既不会淤积在路

面，也不会存留在墙根而渗入房屋的地基和内部。厅堂底部又有上宽下窄的梯形暗沟，两壁用条砖错缝砌筑而成，上层的条砖横置，并用方砖压面，这是古代建筑中典型的防渗水构造。

在天井的东侧和南侧各有一条用素面青方砖错缝竖砌的散水，垂直相交，都与台基平行，东侧散水与台基相距2米。

府治的西厢房位于书院厅堂的西侧，总长度至少有70米。我们向南北两区分别挖掘，都没能挖到头，其中南区发掘了27.5米，北区发掘了13米，中间地区因为还有现代建筑，所以没能发掘。西厢房分隔为若干单间，每间占地50平方米左右，相当于一个厨卫俱全的小公寓的面积了。挨着厅堂的西厢房，前半进与厅堂相连，后半进的连接处则有一块灰白太湖石做的门臼石板，这说明当时厅堂与厢房是设门相通的。

这排西厢房与书院厅堂一样，建在一座用黄黏土夯筑而成的台基上。台基南、北段的压阑石与书院厅堂台基的前后压阑石相连，而压阑石及其基础的营造法式和石材均与厅堂相同，说明它们建于同一时期的可能性更大。西厢房的地面都铺着素面方砖。西厢房的后墙的檐墙基础也保留下来了，墙基以西是平砖砌筑的散水，还有一条路面宽3.5米的道路遗迹，西边仍旧深深埋在地下。西厢房还出土了很多建筑构件。在北区，我们发现了4块柱础石和1块门砧石，它们自东向西齐整地分为三排；在南区，则有7块柱础石、2块门砧石，自东向西分列两排。这个西厢房和《临安府治图》所绘的西厢房不仅布局一样，甚至房间的长宽比例都一样。

临安府治有一大片庭院，围绕在西厢房的东、西、北面，目前已挖掘出来的部分就有400多平方米。庭院的北面是书院厅堂，西面则是西厢房的前廊，而东部和南部依旧深深地埋在地下，如此大的庭院，想当年应该是历任知府们踱着四方步，徘徊其间，思考治下之事的好地方。在庭院的西侧，有一条青砖竖向错缝砌成的排水沟，与西厢房台基的压阑石平行，连接着厅堂底部的排水沟。

在临安府治遗址内，我们不仅发现了房屋建筑基础，还发现了大量南宋遗物，如建筑构件、陶瓷器、石器、铜钱等。

出土的建筑构件颇多，我们之前看到的墁地花纹砖和素砖便在其中，印花方砖上模印着"变形宝相花"。此外还有大量零落的瓦片，主要有板瓦和筒瓦。板瓦都是泥质灰陶瓦，瓦的截面呈四分之一周的弧度，一端大，一端小，瓦面和瓦

排水沟、水井遗迹

沟上都有稀疏的布纹。筒瓦也是泥质灰陶瓦,截面是半圆形,瓦背光素无纹,瓦沟内有着稀疏的布纹。出土的瓦当也相当精美,它们都是圆形的,有凸起的外廓,内饰七瓣莲花纹,莲花纹周围又饰有连珠纹。建筑构件中也有泥质灰陶的鸱吻,这鸱吻很别致,其上有一个凸起的圆形巨眼。

出土的生活用具中,宋代瓷器占多数,有青瓷、白瓷、

临安府治界碑

南宋弩石球

一缕荷香下沉浮临安府治 | 177

青白瓷、钧瓷和黑釉瓷等，真是色彩缤纷。瓷器来自不同的窑口，质地也五花八门，主要为越窑、龙泉窑、景德镇窑、建窑和耀州窑。正因如此，其器型也种类繁多，有粉盒、碗、盘、缸、盏等，其中还有镶银边的斗笠碗、白瓷印花碗、龙泉窑青瓷碗、兔毫盏等，特别是内壁印有花蝶纹的定窑白瓷碗、内壁印卷云纹的龙泉窑青瓷碗，釉色莹澈，做工考究，精妙绝伦，文物价值极高。透过这些瓷器，我们可以想见，当年在府衙中办公的官员们，日常正是使用着这些器皿，一饮一酌，度过为官的每一天。

练兵器材也很多，在西厢房附近，我们找到了弩石球，石球通体浑圆粗糙，有青灰石、灰白石和灰红石三种，分为大、中、小三档。我们翻阅《咸淳临安志》中的《府治图》，发现西厢房邻近教场，我们推测其基本上为军队所用，这些弩石球应该是士兵们日常演练时使用的。当时的提举房、将官房、"看位"也应设在这里，那么在南区中段发现的门白石板等遗迹，显然正是从书院厅堂和庭院通往西面教场大门的位置，也即《府治图》上的"看位"原址，这些弩石球也正出土于西厢房的"看位"附近。可以想象当年景况：一墙之隔，东边书声琅琅，西边刀剑交鸣，也是文武兼备，热闹非凡。还有一块红砂岩制成的巨型磨刀石，磨刀石上明显留着大刀磨过的痕迹，也不知当年文天祥是否在这里磨过他的刀。

除此之外，府治中还出土了一块红砂岩府治界碑，长方形的界碑表面磨得光溜溜的，上端还有委角，碑文用楷书阴刻着两行红字，至今只残存29字，即："□府打量，清河坊入巷以西，至龙舌头，□丈陆尺，仰居民不得侵占，如违，重作施□。"大意就是划清边界，警告居民，府衙重地神圣不可侵犯。当然，府衙里也出土了很多两宋时期各时代的铜钱，还有一尊木质的仕女俑。

营造考究的南宋第一衙门

我们所发掘的河坊街荷花池头一带，正是史书所载南宋临安府治所在地。而后的元、明、清三朝，竟然沿用了此处的临安府治，继续原地办公，始终未曾易址。又据南宋文献《咸淳临安志》《梦粱录》等记载，南宋时期临安府治的范围和规模不可小觑，其东、南二面均以流福沟为界（今劳动路、河坊街），西面至西城边（今南山路），北与府学（孔庙，今三衙前）为邻，方圆三四里，占地面积超百亩，我们所挖掘出来的只是冰山一角。而且临安虽然初为行在，但经过五代和北宋的百年繁华，杭州作为"东南富庶之都"，在当时地价已然不低，能在市中心占据百亩地，也是相当可观

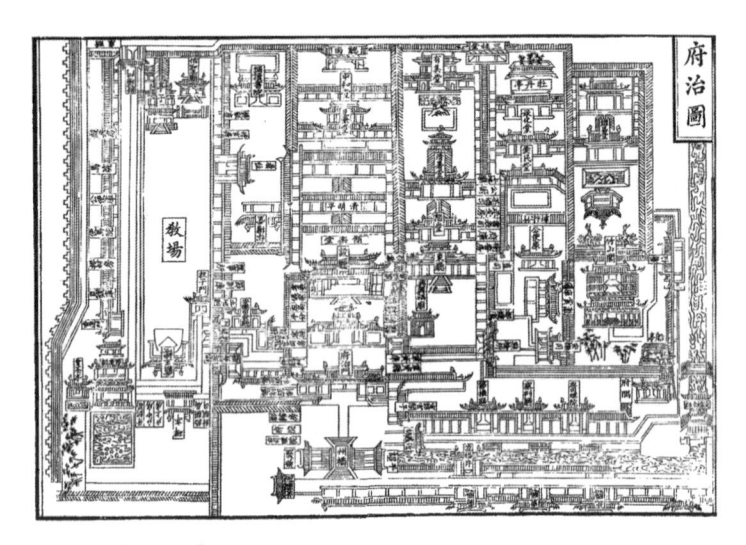

南宋临安《府治图》

了。根据文献记载，临安府治内的建筑也林林总总，从州桥入府治大门，内有设厅（正厅）、简乐堂、见廉堂、中和堂、有美堂、承化堂、诵读书院等数十座大型建筑物，还有竹山阁、牡丹亭等亭台楼阁，可谓肺腑俱全、功能齐备，俨然自成一派天地。

我们此次挖掘的南宋遗迹，只是南宋临安府治诵读书院的局部建筑，但从其占地面积、建筑布局、基础构成，还有出土的建筑配件、日常器物来判断全貌，可知临安府治基本沿用了宋代官式规划，建筑规模宏大、用材高档，营造十分考究，其建筑选用的是我们目前为止见到的宋代遗址中最上乘的工艺。书院厅堂及西厢房均建于大型台基之上，台基由黄黏土夯筑而成，厚达80厘米，压阑石和柱础石均用灰白色太湖石制作，经历800多年依旧完好无损，可见当时建筑十分牢固。书院厅堂的中心部位使用了"变形宝相花"印花方砖墁地，精美雅致，在临安城考古中属首次发现，连太庙都不曾有此设计。书院西厢房的门臼孔直径达到9厘米，里面还用铜匝进行镶嵌，加强了牢固度与实用性。天井内侧设置了曲折形砖砌散水，并通过石构壶门与厅堂底部暗沟相通。而整座建筑物的地面北高南低，宋人利用自然坡度，将排水设施设计得十分科学,颇具匠心。总之,临安府治遗址在众多遗址中,从建筑工艺上来看,是无与伦比的,对宋代建筑史的研究具有重要意义,尤其是经典的基础做法,让我们对《营造法式》有了更直观、更立体的认识,是我们在临安城考古探索中的又一重大突破,让所有亲临现场的考古工作者们,

临安府治的天井明沟

都为之欢欣鼓舞。正因如此，临安府治遗址也入选了"2000年度全国十大考古新发现"。

2001年5月9日至2001年7月8日，我们又对该遗址进行了第四次发掘，发现了净因寺的经幢基座，基座平面呈八边形，分上、中、下三层砌作，底层用大理石包角，上层用太湖石制作。最上层土衬壁面上用高浮雕手法雕满须弥山纹，象征佛祖释迦牟尼所居的"九山八海"。一起出土的构件有菩萨立像、天王立像等，这件天王立像现展示在杭州博物馆北馆大门外。

南宋的临安府，名为"行在"，实则是一国之都，其地位卓然，远远高于其他州府。而坐镇临安府的临安知府，在朝中属于正四品官阶，在权贵聚集的临安城，临安知府虽比芝麻官大，但充其量也就算"绿豆官"，在处理皇亲贵胄、高官重臣的事宜上，本就颇受掣肘，虽是京畿第一行政官，却处境尴尬，刚直得罪权贵，偏袒又没法向百姓交代，因此这把椅子谁也坐不久。因而，朝廷在选派临安知府时，也煞费苦心。临安知府大多由宗室和亲信等"卿监、从臣监"，甚至皇太子曾被委派任临安知府。临安府治，作为这些朝廷慎重遴选的官员的办公场所，其建筑不可能不精心，但终被埋藏在地下 800 多年。临安府治一朝重见天日，让我们再睹当年荷花池头那亭台楼阁的余烬，我不禁拾起一砖一瓦，在脑海中重构着南宋第一都府衙重地的宏伟气度与精美雅致。

第五章 烧土中翻出的修内司官窑

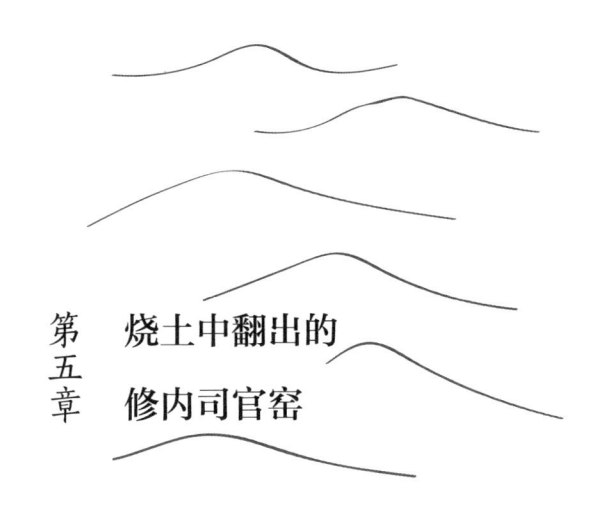

凤凰山麓，古瓷追击

1996年9月24日晚，一个初秋之夜，杭城的炎热在夜间稍稍退却，我刚用过晚饭，拾起一本书正准备翻开，桌上的摩托罗拉传呼机嗡嗡响了起来。信息来自一个陌生的号码，屏幕上显示：有重要的事想与您本人谈谈，今天可以吗？

我琢磨起来：现在已经是晚上7点多了，天都黑了，这么急切，都等不到明天，难道是发现了文物的线索？自从我到了杭州市文物考古所，总有一些素不相识的热心群众找到我，说在某处发现了某物，怀疑是古物。虽然十有八九是误会，但宁可错看一千不能放过一个。这虽然是个陌生号码，我的心依旧揪起来，可别是个大墓已经被贼给掏了。想到此处，我立即回复：可以，去我单位谈吧。刻不容缓，在通知了单位的保卫干事后，我便出了家门，骑上我心爱的永久牌自行车，将它蹬得飞快，秋夜略微凉爽的风轻拂在身上，我却骑得热汗淋漓。

回到单位，四处静悄悄的，那人应该还没来。我坐在办公室，百无聊赖地翻着一本《咸淳临安志》，心里也在嘀咕：莫不是恶作剧吧？可反正也无事，万一真有什么呢？一直等到晚上9点，那人才姗姗来迟，抱着个提包，走进了我的办公室。

这人50多岁，自称姓赵，我便称他"老赵"。老赵没多做寒暄，开门见山地说："杜老师，您给掌掌眼，这些是宋代的文物吗？"他从提包里小心翼翼掏出一个报纸包裹，拆了一层又一层的报纸。我看他拆得仔细，忍不住有点小激动：是什么宝贝，护得这么精心？怕是不得了。最后，在拆掉了层层保护后，我看到了混在泥巴里的十来片细小的碎瓷片。

我捡起一片来，点亮所里最亮的灯，仔细观瞧。打眼一看，这瓷片胎色略发黄发灰，胎比较厚，釉色米黄，还有细碎的开片，和南宋官窑瓷片倒很相近。我轻轻在这些瓷片中翻拣，找到一片瓷器底部的残片。能看出来，如果这件瓷器是完整的，那么它应该是满釉，并且底部有支烧的点。满釉的一般年代较晚，再结合胎釉的颜色和质地看，宋末元代的可能性极大。

"我看着近宋，但是不排除元。"我微微叹息，可惜都是零碎的，又问，"哪来的？"

"凤凰山，还有好多！"他激动起来，几乎手舞足蹈，"我们在山上捡的！"

老赵是个收藏爱好者，周末不上班的时候，他就喜欢逛

凤凰山

古玩市场，淘点小件儿收回家里，欣赏这些藏品是他最大的乐趣。6月30日，正好是个周末，老赵起得比上班还早，7点多就到了长明寺巷。那里有当时最热闹的古玩市场。他东游西荡，也没看到什么感兴趣的东西。那些摊主他几乎都混熟了，很多摊位上的东西，他都能说出个前世今生。

然而快走到市场尽头时，一个陌生的身影引起了老赵的注意，此人正蹲在角落里，身前地上铺着一块破旧的帆布，上面乱七八糟地摆着一些物件。老赵凑过去看，那是一些瓷片和窑具，还掺着些泥土，倒像是刚出土的模样。老赵好奇心大作，这人看起来怯怯的，一点都不像他见惯了的那些卖家一般圆滑。这摊主见有人看他的货，反倒略退了退，然而身后是墙，退无可退，他只能搓着手掌，显然很紧张。而他揉搓着的手指缺了两根，显得更加怪异。

老赵好奇极了，这摊主怎么回事？他蹲下来捡起一个瓷片，左看右看。老赵在古玩市场浸淫多年，也学到一些东西，第一眼就感觉这是真东西，便开口问："什么价？"那卖家见问价，倒是有些缓和，便说："你能给多少？"老赵乐了，头一回见这么奇怪的摊主，这人是心里一点数都没有？"哪来的？"老赵貌似随意地问了一句，其实这在古玩市场是个忌讳，但老赵觉得这人看着就怪异，忍不住问出来。"凤凰山里。"摊主有点不耐烦，"你买不买？不买别碰。"老赵见他恼火了，便尴尬地笑笑，放下瓷片走开了。然而他转了两圈回来，发现原本卖瓷片的人和他的瓷片全都不见了。老赵满市场找，倒是碰到了同样喜欢收藏的好友小阮、老朱、阿龙，但那卖瓷片的小贩无影无踪了。老赵将事情和三个好友一说，好友们也觉得蹊跷，四个人一直寻到紫阳山，依旧没找到人。老赵的这三个朋友倒是有点本事，竟然打听到了这个摊主的家庭住址，第二天便找过去，却扑了个空。

此后，老赵时常在古玩市场转悠，又见过摊主几次，但摊主特别谨慎，且反侦察意识很强。每次出摊，摊主都不贪心，只卖十几片瓷片，卖完就赶紧收摊走了。好几次，老赵前一秒钟还在摊主后面悄悄跟踪，再一眨眼，摊主早就消失在人群中。近3个月，老赵四处留意摊主，暗中跟踪，都以失败告终，更别说找到瓷片的来源地了。

9月23日是周一，本该照常上班，可老赵和朋友们心中记挂着那些瓷片，于是几人请了假，又约在了元宝街。因为藏友阿龙一早说："我有个同事发信息跟我说，他家住凤凰山下，早上上班路上，看到有人上山了。要不我们去看看？"终于又有了线索,老赵四人立马奔过去,到了凤凰山,四人满山找寻。老赵眼尖,看到了那个摊主,他还带着一个年轻人,正在弯着腰捡东西。那两人看来了一群人,还以为是抓盗贼的,也知道这事见不得人,便飞奔着逃走了。老赵和藏友们看看地上,都是一脸震惊——满地被雨水冲刷过的泥土里,夹杂着大量的瓷片,正是那天他在地摊上看到的。老赵二话不说,捡了一些瓷片,顾不得泥污,放入皮包里。他的朋友们也弯腰捡起一些来,然而瓷片太多,他们只捡了少许,却不敢再动,怕磕碰损坏,彼此商议了一番,四人商定还是尽快联系文物部门。第二天,四人经过四处打听,终于得到了我的联系方式,于是决定隔天一起到考古所报告。但是,老赵这人胆子小,意识到此事关乎国家文物,非同小可,又怕在山上捡瓷片的事情被警察知道,再加上好奇心的驱使,回家后连饭也吃不下,便深夜造访考古所,将所见所闻统统告诉我,便有了前面的夜间鉴宝事件。

  我心情激动。根据我脑海中的临安古地图来推断,凤凰山一带可能有南宋修内司所在,如果这些瓷片真的是宋代官窑残存,那么,这里很可能就是我们一直在寻找的南宋修内司官窑的窑址。我辗转反侧,一夜都没有睡踏实,第二天,

郊坛下南宋官窑窑炉遗迹

也就是 9 月 25 日一早，我便迫不及待地和同事们约了老赵、小阮、老朱、阿龙四人，带上简单的装备，一起上了凤凰山。在老赵几人的带领下，我们发现了大量因山间洪水冲刷暴露在外的青瓷残片和窑具。我们又在四周探察，发现了沿溪沟的两侧约 6 米长、2 米宽的范围有被人翻动过的痕迹，四周散落着一些窑具（匣钵）和碎窑砖。

我和同事经过集体分析和讨论，大家都认为这些瓷片和南宋官窑瓷片的特征十分吻合，结合凤凰山周围的环境与地形，我判断这里应该是个大型的瓷窑窑址。凤凰山地理位置特殊，根据《咸淳临安志》推测，这一带原应是大宋的大内和诸多重要官方机构所在，我们发现的瓷窑，很可能与中国陶瓷界多年来苦苦追索的南宋修内司官窑息息相关，这让在场的所有人都心情激荡起来。我们当场决定由专人驻守此地，进行 24 小时守护，避免闲杂人等继续盗挖。与此同时，我们赶回所里，立即策划方案打报告，组织起人力、物力，申请专项资金，准备从速展开对凤凰山古瓷窑现场的紧急考古调查。

1996 年 11 月，正是桂花飘香秋意浓的时节，我们万事齐全，准备就绪，考古队终于进驻凤凰山，在山林溪谷间展开考古调查和试掘。这一挖就是一个月，成果显著。此处果然是个瓷窑遗址，我们进行了初步探索，最终发现了两座龙窑，其中的素烧坯堆积厚度几近5厘米。此外，窑址周边也出土了很多窑具和瓷片，正是我们追着线索找到的那些散布一地的碎瓷片。此地被森林防火部门称为"老虎洞一号地块"，因

老虎洞窑址全貌

考古界有着以首次发现的典型遗址的小地名命名的规定，而我觉得"老虎洞"叫起来很顺口，也定会深受老百姓喜欢，便将这处层林掩映下的古窑址称为"老虎洞窑址"。

经过试掘阶段的调研，我们对老虎洞古窑有了初步了解，便开始筹划正式发掘，筹备资金，组织人手，准备工具，清理场地。老虎洞在中华人民共和国成立前是一片公墓区，此时举目皆是坟冢墓碑。这里满山都是青葱碧树，确实是个绝佳的风水宝地。居民住宅搬迁只需要打报告，进行合理安置即可，但墓地搬迁就有点棘手，毕竟墓里的主人没法再爬起来签字同意挪一挪坟地。我们在各个媒体刊登公告，寻找家属，进行协商，赔偿迁移。经过了几个月耐心的公关工作，我们终于在1997年将公墓区的300多座坟墓全部迁移完毕。此外，由于地处西湖风景名胜区的范围，山上的大树属保护之列，不能轻易移动。我们联系了园林部门，历经波折，才将发掘区内的一些树木进行了迁移。

经过了一年多的迁坟与树木迁移等筹备工作，1998年5月20日，我们得到了国家文物局的批复，考古队正式进驻老虎洞窑址发掘现场，继续探索这座尚未探明的古瓷窑。此次发掘工作由我领队。

考古艰苦，而山上的考古尤为艰苦，无水、无电、无厕所的"三无"让考古工作者都忍不住摇头。时值夏初，天气渐渐转热，为避免中暑，我们都穿着短袖、短裤。热辣辣的阳光直晒皮肤，皮肤似乎都要被晒得冒烟了，一整天下来，晒黑一个度是常见的事，晒伤的也不在少数。晒伤的皮肤仿佛像一层纸，能轻松揭下来。即便穿了短袖、短裤，热气还是一浪一浪地袭击着我们的身体，汗液浸湿了衣服，拧一把都能滴出水来。山上飞虫肆虐，我和同事们即使喷了防蚊液，也经常被咬得一身红肿的大包，痒得让人忍不住就挠，挠破了又疼，又痒又疼，让人真不知怎么办才好，肿块也因此流脓又结痂，结痂又流脓，如此反复不停。此外，山上水电不通，全部工程基本都靠我们人工。然而工作条件再艰苦，我们也得夜以继日地赶工，毕竟到了6月中旬，长江中下游就进入梅雨季节了，那时山上若下起暴雨，不仅挖掘出来的古窑遗址面临损坏的风险，我们的队员们也将身处险境，必须赶在连续阴雨天气前把主要工程推进了。

这次发掘的面积达800平方米，这一阶段我们清理出了龙窑、作坊等主要遗迹，虽然出土了大量的瓷片和窑具，却没发现瓷片坑。让我很惊喜的是，其中个别碗底瓷片的釉下，用褐彩写着"官窑"二字。我又看到许多窑具上印有精致的老虎和奔鹿的图纹，底部竟然有印着八思巴文字的支钉垫饼，此外，有的窑具上还有"大吉""元"等文字。这些信息显然指向元代。队员们经过简短的争论，得出初步推断，这一期发掘出的窑址应归为元代。这和我们的预期还有一定的距离，既然我们发掘到了元代的地层，说明考古工作还要继续深入。好些日子过去了，下面的地层中居然连个瓷片的影子都没有了，发掘工作一时间陷入了停滞。失望带来了悲观，考古队里产生了分歧，一部分队员开始动摇：也许老虎洞窑址根本就没有南宋层，修内司官窑或许建于别处。还有些旁观我们考古工作的学者干脆就认为，所谓的修内司官窑根本就不存在，书上记载的南宋修内司，不过就是官方的督办衙门，不事生产，也许那些瓷器都是委托民间定制的，只打个"官窑"的款儿，修内司过过手，做个产品质量监督罢了。

我却从未放弃过希望，虽然目前看来似乎没找对地方，但根据多年的考古经验，我坚信，修内司窑一定有。很多古籍都提到过修内司，周密的《武林旧事·大礼》中就有记载："三岁一郊，预于元日降诏，以冬至有事于南郊，或用次年元日行事。先于五六月内择日命司漕及修内司修饰郊坛……"

清理现场

这是说在进行大规模郊祭前，让修内司提前半年就做准备。此后，书中不厌其烦地大段记载了修内司要进行的诸多零零碎碎的工作。诸如此类的记载不胜枚举，可见修内司是个实干部门，并非只是走个过场的形式衙门。我不甘心，依旧每天在工地各处巡视，试图找到一些新的线索。我既想寻找修内司，也希望找到瓷片堆积坑。因为根据文献记载，明清时期，御窑厂均有严苛的瓷器挑选及管理制度，为避免烧成的瑕疵品或落选品流入民间，损害皇家威严，惹出事端，这些瓷器需统统打碎，深埋于地下，这样便形成了瓷片堆积坑。此前，考古工作者们在江西景德镇御窑遗址中，就挖出了瓷片堆积坑，验证了书中的记载。明清的瓷器生产流程大都承袭前制，因而，我认为南宋也必定有如此传统，大有可能存在瓷片堆积坑。然而奇怪的是，在此前发现的郊坛下遗址中，并未发现瓷片堆积坑。但我心中却对它的存在抱有执念。

10月中旬的一天，我一如既往地原地探寻，走到了发掘区的东部。这里也被发掘过一番，但是黄色的土壤中并没看到什么不同，黄土就只是黄土，所以当时挖掘到这一层，队员们大多认为既然已经挖到了生土，就没有必要再发掘下去。

这黄土中虽然没有夹杂任何东西，但颜色似乎有点不对劲儿。我蹲下来，抓起一把黄土细细观察，土壤黄中带着一点黑，难道是烧灼的痕迹？我心念一动，掏出随身带着的小手铲，开始小心翼翼地向下挖，烧灼的痕迹越来越明显。我心中一喜，忙召集了几名队员和民工，在这片黄土区域深挖起来。就这样，我凭着一股信念，带着队员们在此处埋头苦干了数个日夜，令人惊喜的事情发生了，黄土中赫然出现了几块小瓷片。大家都喜上眉梢，鼓足干劲儿。齐心协力地把这些所谓的"生土"去掉后，我们眼前出现了两个硕大的瓷片堆积坑。坑里密密麻麻地堆积着难以计数的官窑瓷片。经过后期精心的拼对，工作人员成功复原了很多瓷器，这些瓷器有多种器型，数量也非常可观。这一发现证明了我的推断——御窑中将瑕疵瓷器打碎的传统始于南宋。以瓷片堆积坑的发现为转折点，我们在老虎洞窑址的发掘工作进入了新的阶段。

这一挖又是两个月。1998年12月，本次发掘结束，加上1996年那次考古调查的成果，我们在老虎洞窑址共清理出3座龙窑、3座素烧炉和1处作坊遗址，其中包括4座房基，以及排水沟、道路、2个釉料缸。我们也在窑址中找到了大批没来得及烧制的素烧坯，还有更多和最初看到的两个瓷片坑一样的坑。这些遗迹和遗物从上到下叠压在一起，依次分别是元、南宋和北宋时期的遗迹，出土了数万片各时期官窑瓷片，其中仅一个瓷片坑内出土的官窑瓷片就超过一万件，作为各时期的官窑瓷器，其质量均属上乘，真令人叹为观止。此外，作为大规模瓷器烧制基地，这里也出土了大量烧制过程中使用的窑具。至此，一个典型且完整的宋元古窑址呈现在人们面前。

老虎洞窑址的发现，不仅在考古界掀起了轩然大波，也震撼了海内外的陶瓷界。这就是传说中修内司的官窑啊！消息一传出，各大专业性、学术性报刊均在显眼位置刊登了这一重大发现。海内外相关领域的专家、学者，争先恐后地赶来杭州凤凰山一探究竟。就连那些在我们的发掘工作一筹莫展时，否认修内司官窑存在的学者们，也改变了看法，纷纷表示，老虎洞窑址正是文献中记载的修内司官窑。

1998年，老虎洞窑址的第一次发掘获得"全国十大考古新发现"的提名奖。

然而我们的工作并未到此为止，任外界风云变幻，我们只专注于脚下这片土地。为了彻底破解一个千年疑案，队员

老虎洞 1 号素烧窑

南宋瓷片堆积坑

烧土中翻出的修内司官窑 | 203

们进行了几个月的资料整理工作后，1999年10月，依旧是一个秋高气爽的时节，我们再一次进驻了老虎洞窑址考古发掘现场。经过一年半时间的艰苦工作，到了2001年3月，我们迎着春风，志得意满地收拾好装备，到此时为止，老虎洞窑址发掘工作终于宣告结束。2002年6月，国家文物局、中国考古学会、中国文物报社联合发起评比活动，老虎洞窑址毫无争议地入选了"2001年度全国十大考古新发现"。

破解修内司官窑悬案

中国以"瓷器"为名，足见中国瓷在人们心中的地位。瓷器的发展，经汉历唐，到了宋代，制瓷工艺已十分成熟。宋代是中国瓷器发展的兴盛时期，"官、哥、汝、定、钧"五大名窑异彩纷呈、各具风流。作为宫廷的御窑场，南宋官窑产品专供皇室享用，以满足宫廷饮食、祭祀和陈设各方面的需求为任，选取一流工匠，制作不惜成本，瓷器造型与工艺精益求精，留下了数不胜数的瓷器精品。南宋的官窑瓷器体现了宋代制瓷业的最高水平。南宋官窑的瓷器是宫廷御用，形制和款识也是御制，若是一般人用了，即属僭越，罪不可赦，因此很少流入民间。历史车轮滚滚向前，伴随着朝代更替，窑场停烧，官窑瓷器大量沉入黑暗的地下，能够传世且保存至今的官窑瓷器，真是寥若晨星。在国内，只有北京故宫博物院、台北故宫博物院等高级别博物馆珍藏了少量的宋代官窑瓷器，另有存世的百余件完整瓷器散落在海外，除此之外难得见到珍品，以至于在遗址中出土的细小宋代官窑瓷片，也成为弥足珍贵的收藏品。这也是为什么当初老赵那么激动地去找我，而我推断可能是修内司官窑时，也激动不已的原因。

我们从史籍中得知，南宋的官窑有两处，分别是修内司窑与郊坛下窑，叶寘的《坦斋笔衡》中记载："中兴渡江，有邵成章提举后苑，号邵局，袭故京遗制，置窑于修内司，造青器，名内窑。澄泥为范，极其精致，油色莹澈，为世所珍。后郊坛下别立新窑，比旧窑大不侔矣。"这说明修内司窑比郊坛下窑建得早。

然而早在1956年，原浙江省文物管理委员会就发现了郊坛下官窑的窑址，窑址在杭州市闸口乌龟山南麓。1985—

1986年，南宋临安城考古队先后对郊坛下官窑的窑址进行了勘测和发掘，揭露面积达1400平方米，发现了一座龙窑窑炉，一座由房基、练泥池、釉料缸、辘轳坑、堆料坑、素烧炉以及素烧坯堆积、排水沟、道路等遗迹组成的作坊遗址。郊坛下窑遗址内共出土数万件瓷器碎片及大量窑具、工具等遗物。可喜的是，这些出土的瓷片，经过工作人员的耐心拼接，复原的器型竟达到23种，除了出土器物中常见的碗、盘、瓶、罐、壶、盆等日常器皿外，还有一批仿古青铜器样式的陈设器和祭器，如鼎式、鬲式、樽式、簋式或带乳钉的香炉和熏炉，觚、琮式瓶等。

宋代是中国历史上第一个瓷器仿青铜器的高峰期。宋代流行金石学，五代十国结束后，杯酒释兵权的宋代皇帝重文抑武、追溯周礼，自然开始尚古。到了北宋末年，好古已蔚然成风。宋徽宗赵佶就是一位青铜器收藏家，连书写的字体都是断金割玉般的瘦金体。而南宋沿袭旧制，怎奈偏安一隅，铜作为战备材料十分难得，青铜更加难得，因此很多陈设礼器便仿照青铜器形制，连颜色也模仿。郊坛下的仿古瓷以"薄胎厚釉、紫口铁足、周身开片"为三大特征，不仅釉厚，还有冰片裂开般的开片，显得瓷器晶莹润泽，犹如美玉，且器口和胎底颜色呈灰色或铁色，犹如二次镶嵌，显得更有韵味。郊坛下出土的这批官窑瓷器的釉色主要以粉青和米黄两色为代表，都有着润泽的玉质感，除仿古器外，均以造型、釉色取胜，纹饰倒是简单，内容题材较少，装饰方法有堆贴、刻印、镂雕、模印等。经过考古专家们多次研究考证，最终确定这里就是南宋官窑之一的郊坛下窑址。由于20世纪50年代的基本建设对郊坛下窑址的破坏严重，瓷片坑应在这一时期被破坏了。

南宋郊坛下官窑窑址不仅是南宋临安城考古的重大发现，也是中国陶瓷考古的重要成果，为我们了解南宋官窑规模、结构、生产流程以及产品特征、制作工艺等提供了宝贵资料，也见证了宋代瓷器的高超技艺和艺术成就。

然而郊坛下官窑窑址已经被找到有几十年了，比其更早、更有地位的修内司窑却一直杳无踪迹，成了考古界和瓷器界的双重悬案。因此，围绕修内司窑是否存在及一些相关的问题，学术界曾经展开过激烈的讨论，往往是仁者见仁，智者见智。毕竟，谁也没看到实物，谁也没亲临现场，谁也说服不了谁，一切只是美好的猜想。南宋修内司窑的相关考古资料严重匮乏，也是造成学术界争执不下的现实原因。郊坛下官窑印证了南宋官窑的集中生产和高质量产出，时隔40年，老虎洞南宋官窑的发现，再一次震惊学界，震惊世人。

这座引人注目，并解开了40多年悬案的南宋修内司官窑是什么样的呢？

在老虎洞官窑的窑址中，最为显眼的就是这些龙窑，它们是呈斜坡式的长条窑炉，延伸了约15米长，最宽处大约2.1米，相当于一辆城市大型公交车的体积，在龙窑的东、南两侧均有石块砌成的挡土墙，十分坚固。

除此之外，还有两座形状相同的素烧炉，形制有点类似北方地区常见的半倒焰式馒头窑，其平面则呈马蹄形。素烧炉是用"香糕砖"错缝平砌而成的，在炉壁外侧依炉形砌成护墙，墙和炉壁之间填充黄泥，不仅坚固地保护了炉壁，厚实的护墙还能保温，使烧制时热量密闭在其中，达到稳定、理想的温度。在出烟室与炉室之间，有一道"香糕砖"砌成的隔墙，其底部用砖隔成5个出烟道。素烧炉的用途是瓷器拉坯成型晾干后，先放到素烧炉里面烧制到五六百摄氏度，以提高瓷坯的硬度，这样便于修坯、刮坯，把瓷胎越刮越薄。有的瓷胎可能要多次到素烧炉中烧制，以提高它的硬度，才能把坯刮得像纸一样薄，使产品形成薄胎厚釉的特征。这是南宋官窑特有的一道烧制工艺与技术，我们南方一般的窑址是没有素烧炉的。

我们在老虎洞窑址共清理了10座作坊，它们分属于不同的时代，有些作坊建筑方式精良，水平和等级之高令我们惊叹。9号作坊是一个完整的制坯作坊，我们循着遗迹，推测昔年的工作场景。作坊里面有柱子，也有瓦顶，但是没有墙，只是一个长方形的大棚，但这并不妨碍工人每日在此忙碌地生产工作。在看似简陋的大棚里，还分为备料、陈腐、堆料、拉坯、凉坯等不同功用的专门区域，南北并列两个大釉料缸（口径0.64米，腹径0.72米）。修内司的工匠们便在此地选料出泥，拉坯成型，点浆上釉。如此，一件件瓷器的初态便呈现在人们眼前，等待着入窑的时刻。它们经过昼夜烈火的焚浴，最终化茧成蝶、脱胎换骨。

在老虎洞窑址，我们还清理出瓷器的澄泥池、诸多挡土墙、运输材料的道路、瓷土的采矿坑等遗迹，作为一座距今近千年的瓷窑，可谓是应有尽有、一应俱全。我们事后将老虎洞南宋层窑址现存遗迹与一般的民间窑场进行对比和分析，都觉得这一层遗迹在陶瓷考古中极为罕见，其建筑营建用心良苦，整个窑址构造非常严谨周全，绝非一般民间窑场

窑头

窑壁

窑尾

所能企及。

更让我们惊喜的是老虎洞窑址南宋地层中出土了大量瓷片。这些瓷片集中出土于24个瓷片堆积坑中，其中H3坑和H20坑最为典型。H3坑内竟出土了几万片瓷片，我们耐心拼接后复原的瓷器，总计近千件，足足有几十种器型，可见当时修内司工匠的精湛技艺与高超的艺术创造力。

我们在老虎洞窑址的南宋层收获了大批精美的瓷器和窑具，而这些瓷器又为我们打开了认知的新大门。瓷器界流行着一种说法——"宋代的官窑无大件"，但在这些老虎洞出土的瓷器中，不仅有很多高质量的生活用瓷器，还有许多大型瓷器，由此打破了人们对官窑固有的观念。老虎洞窑址出土的瓷器品种相当丰富，造型优美多姿，上釉次数最多者达三层，充分体现着南宋中国制瓷工艺的精益求精，这在其他窑址中是非常罕见的。而由于当时的尚古之风，加上南宋对昔日北宋太平时皇家生活的追思，也为了官宣正统，统治者对于祭祀极为重视，因此很多宫廷祭祀用的礼器瓷，被做成仿青铜器的造型，体现周礼之风。正因如此，老虎洞窑址出土的瓷器按照用途分为两类：一类是以碗、盘、杯、罐、碟、壶、洗、盏托等日常生活用具为主的生活器；另一类则是以炉、樽、觚等仿青铜器造型为主的礼器、陈设器。

我们对南宋时期烧造瓷器制品的印象多以厚胎厚釉工艺为主，薄胎厚釉少见，但是在老虎洞窑址中，我们见到了薄胎厚釉的精品，而其中南宋层出土瓷片的胎色呈黑褐色、灰黑色或灰白色，釉色则多粉青，少量是米黄色。我们发掘的这座南宋修内司官窑是南宋宫廷亲自掌管的真正意义上的官窑，内产内用，生产的是精品中的精品，堪称代表了当时的顶级工艺，它也是中国陶瓷史上唯一一座由宫廷直接掌管的御窑。南宋修内司官窑的瓷器产品，造型大多由宫内画师设计初稿，此后，窑场的窑工再进行辅助设计。为了满足宫中用瓷的需求，匠师们不惜工本、精益求精，制作出一件件精美的艺术瑰宝。这批老虎洞出土的南宋官窑瓷，器形设计端庄大气，釉面莹澈，色青似翠，滋润如玉。大部分瓷器的釉面都有着均匀的自然开片，如初冬未坚的河中冰，轻轻一点，便炸裂蔓延并层层叠叠，这种裂纹分布在瓷器的釉面上，极富立体美感，浪漫的中国文人送了它一个极美的名字——"冰裂纹"。这种冰裂纹瓷器利用制坯的定向力度和釉坯之间的膨胀系数差，使原本的劣势发展成特色，形成一种独到的韵味，这正符合宋代文人追求的最高目标——浑然天成的艺术美。

1998年5月，我们正式开始发掘老虎洞窑址，时至今日，这座南宋修内司官窑遗址，一直是考古界、陶瓷界的热点。青翠的凤凰山，藏龙卧虎的老虎洞，吸引了海内外诸多专家学者，他们纷至沓来，关注着窑址的发掘与整理工作，亲自来到发掘现场进行实地调研。在老虎洞窑址入选"2001年全国十大考古新发现"的当年，2002年初冬时节，杭州市文物考古所为了进一步扩大老虎洞窑址的影响力，更加深入地分析老虎洞窑址的考古和艺术价值，邀请诸多国内外专家学者到杭州召开"老虎洞窑址国际学术研讨会"，使老虎洞窑址又一次在考古学界掀起热潮。

在这次研讨会上，国内一流的考古、陶瓷专家们纷纷对老虎洞窑址的考古工作进行论证，充分肯定了老虎洞窑址的田野考古工作，并认可了老虎洞窑址的四大研究成果。

第一，经过三次较大规模的考古调查和发掘，我们完整地揭露了老虎洞窑址，了解了这处重要官营手工业作坊遗址的全貌。通过对当年官窑生产基地遗址的分析，我们对当时的瓷器生产线的工艺流程有了新的推断和设想，这为将来学术界进一步深入研究南宋时期官营手工业的生产、经营、管理等课题提供了翔实的第一手资料。

第二，在发掘中，我们清理了整个制瓷工作场地，包括烧瓷窑炉和素烧炉、采矿坑、练泥池、储釉缸、制坯和施釉作坊，还有日常生活用的灶，以及工匠们的住房等一大批遗迹，把整个南宋官窑从取土开始到产品成型的整个制瓷工艺流程都展现在人们面前。我们可以看出，宋代官方作坊营建之精致，是一般民间窑场难以望其项背的。我们从未见过能如此系统、翔实地反映制瓷过程各个工序的遗迹，这在以往的窑场考古中是闻所未闻的。

第三，老虎洞窑址中出土了大批精美的瓷器和窑具，窑中的这些瓷器，品种之丰富，造型之优美，制作之精良，令人欣喜若狂。这些碎片一经拼接，即使裂痕累累，却依旧难掩其美艳，不仅有高质量的生活用瓷，还有让人惊叹的大型仿青铜的宫廷祭祀礼器。这些瓷器让我们看到，南宋官窑在造型和制作工艺上，与北宋时期的汝官窑存在明显的传承关系。从前，我们只有在历史文献中得悉南宋官窑的传说之美，而老虎洞官窑瓷器的出土，印证了史书中对南宋官窑的文献记载，让人们得以目睹南宋官窑的惊艳美貌。也由此，此次参会的专家们大多认定，老虎洞窑就是文献记载的南宋修内司官窑，我们在老虎洞窑址的考古发现，终于为中国古陶瓷

专家考察现场

专家论证会（左一为汪庆正，左二为徐苹芳）

烧土中翻出的修内司官窑 | 215

研究破解了一大悬案。

第四，根据考古发掘地区叠压关系，我们将老虎洞的遗存的年代层分为三个时期，分别划定为北宋时期或更早期、南宋时期和元代。其中南宋时期的遗存是修内司官窑，又可细分为前期和后期。

老虎洞窑址的发掘对中国陶瓷史的发展有巨大贡献，是解开中国陶瓷研究两大谜团（南宋修内司官窑千古之谜和传世哥窑的产地问题）的强有力证据。在考古工作中，艰苦的发掘工作只是一个开始，随着资料整理工作的开展，逐步分析出新的信息，老虎洞窑址的地位也必然逐步提高，或许会成为国内外的一块"陶瓷圣地"。老虎洞的南宋修内司官窑，是临安城庞大的宋代遗址的一部分，对于修内司官窑的保护与发掘，也会为南宋皇城遗址持续不断的保护性开发提供良好契机。

我们发现了南宋官窑遗址，这一成就引起了有关方面的高度重视。此前，为了展示我国古代精美的南宋官窑瓷器艺术，在多方积极的筹备与建设下，建在郊坛下窑址上的南宋官窑博物馆已于1992年开放。这次，在我们完成老虎洞遗址考古发掘后，在凤凰山上的老虎洞窑址上也建成了长长的露天展示廊道。今天，这两处遗址已全部对公众开放，普通人也能见到宋代最高水平的制瓷工艺，欣赏古时只有皇室才能使用的御制器皿。这些举措妥善地保护了遗址。官窑旧址现已成为爱国主义教育基地，向大众弘扬中华民族的优秀文化，激发了人们的民族自尊心与自豪感。

当世一流的老虎洞元瓷

杭州市文物考古所在1998—2001年期间发掘的老虎洞窑址，包括了若干文化层，其中的南宋文化层轰动了学术界，它印证了史书记载的南宋修内司官窑确实存在，最终使老虎洞窑址扬名海内外。但是，在南宋文化层之上的元代文化层，其学术价值也并不逊色，而两者的历史价值也不分伯仲。

元代文化层就在当时老赵带我上山时看到的、被山间洪水冲刷出来的瓷片散落一地的地方。俗话说"易涨易落山溪水"，今天瓷片能冲出来，也许过几天又被覆盖上，那便踪迹难寻了。我们很幸运，能及时发现元代文化层，进而顺藤摸瓜，找到了南宋修内司官窑。我们在这一文化层的堆积中翻拣出了"元"字款印模，还有模印有八思巴文的支钉，从而确定了在这一文化层内的就是元代的窑址。八思巴文是元代忽必烈时期，国师八思巴创立的蒙古文字，虽然颁行全国，但因字形难辨，其推广受到很大阻力，最终只存在了几十年，随着元朝的灭亡而逐渐废弃，但是它的断代意义非常显著。

我们在元代文化层中没有找到瓷片堆积坑，这一点上略略不如南宋文化层。但是满地大量的碎瓷片与窑具，依旧蔚为壮观，足够作为我们进行研究的素材了。从这些出土的遗物中，我们可以看出，它们与南宋文化层的器物十分相似，只是不及后者精细美观，这一点倒是与常识相悖，一般都是时代晚一些的更精细，但是考虑到元代文化的杂糅性，也并非难以理解。

令人惊讶的是，我们竟然在元代文化层中发现了"官窑"款碗。众所周知，元朝的官窑设在江西景德镇，文献中并没有在杭州设官窑的记载。然而这些"官窑"款瓷碗明显带着元代瓷器的特征，而非南宋遗物，因为我们所见到的南宋官窑瓷器就没有如此做款儿的。南宋官窑是御制瓷，只供皇室使用，没必要再如此刻意地落个"官窑"款儿。我们几经讨论得出结论，这些瓷器只能产自元代的老虎洞窑。虽然到了元代，老虎洞窑址依旧继续生产大量精美的瓷器，但它已经不是皇室特供产品的供货方了，而继续在此处工作的工匠们追溯着前朝瓷器的美好时代，模仿着南宋官窑瓷器生产工艺，烧制了大量的官窑化瓷器。更有可能的是，这些窑工们也许原本就是南宋官窑窑工，抑或他们的后人，踩着父辈们的脚印，希望将南宋官窑代代传承下去。

虽然不具备南宋官窑生产时的一流条件，但是，这些元代的工匠们并没有止步不前。老虎洞元代文化层出土的洗、盘等产品，相比于同时代的其他民窑，更加精良优美，其胎色灰黄，胎体厚实，晶莹澄澈的米黄色亮釉上，釉面的开片越发细腻，并且都是满釉支烧。这方面的工艺显然比前一代更加精进。而这些特征正与传世的哥窑产品极其相近，二者无论在化学成分上还是显微结构上都表现出高度的一致性。那么，这座始于元代、生产仿烧南宋修内司官窑产品的古老瓷窑就是著名的哥窑窑址？经学界多番验证，终于认定这一推断。老虎洞元代文化层的发现，揭开了长期困扰学术界的哥窑之谜。我们不仅找到了南宋修内司官窑，也找到了大名鼎鼎的哥窑故地，它的重现于世为传世哥窑古瓷的深入研究，提供了难能可贵又充分翔实的实物资料。

元代同样是一个中国瓷器工艺高速发展的时期，不仅有哥窑大放异彩，其他的瓷窑也是越发精致。毕竟，元代是中国历史上对外开放程度仅次于唐朝的时代。凭借便利的水陆交通条件，元代的杭州仍是蓬勃发展的滨海城市，贸易活动依旧十分频繁，汇集着来自国内外五湖四海的各色商品，是元代江南重要的商品集散地之一，繁盛程度不逊于南宋时期。1987年，朝晖路发掘出的元代瓷器窖藏，充分反映了元代杭州贸易的繁荣景象。朝晖路遗址的瓷器窖藏出土了50余件元代瓷器，大多完好无损，不仅产地各异，汇集了来自浙江龙泉窑、江西景德镇窑、山西霍县窑等窑口的产品，而且品种丰富、多姿多彩，有青瓷、青白瓷、白瓷、青花瓷、枢府瓷等不同釉色，以及瓶、杯、碗、盘、爵、罐、壶、觚、笔架等不同器型。这些都是日常的实用器皿，而其造型与花纹装饰呈现了明显的元代中晚期特征，那么极有可能是当时正处在战乱时期，陷入末世浩劫中的某个杭州人将这些宝物收藏了起来。

元末明初，明末清初，还有后来的太平军占领期，杭州历经战火，生灵涂炭。在这种朝不保夕的时刻，很多人在逃亡前，便将日常使用的器皿和珍品摆件藏入地下，以待将来有朝一日返乡后，重建家园时使用。朝晖路遗址的窖藏出土瓷器数量大、品种多、质量精，其造型、纹饰与胎釉都反映了元代龙泉窑、景德镇窑的兴盛和工匠们高超的制瓷技艺，其中的青白瓷云龙纹罐、蓝釉描金爵，工艺可谓是当世一流，极其美观与奢华，即使在元代，都是当时国内罕见的珍品，更何况是几百年后的今天。在这些瓷器中，很多件器物的纹饰与造型，与韩国新安海底沉船中所发现的中国外销瓷完全相同，它们不仅体现着元代陶瓷工艺的极高水平，也是研究对外贸易史的宝贵资料。

而在此之后，老虎洞古窑址的发掘，从 1998 年 5 月持续到 2001 年 5 月。在将近 3 年的时间里，我们对宋元文化层进行了多次发掘，而每次发掘后，学术界关于此处窑址便有一波新的争论。我作为第一现场发掘者，见证了学术界对于老虎洞窑址的年代与性质的逐渐深入的认识过程。当年看到第一枚瓷片时，我心中忐忑又激动，那时，我便模模糊糊地有一种构想。根据我对杭城古地图的了解，我内心的时空导航仪莫名地闪动起来，总觉得这次大概率能有一个惊人的发现，结果居然是两个！元代的哥窑亦让我非常震惊。当然，对老虎洞窑址的认识，也曾有很多分歧。本文上述论断，是认真听取考古学术界和瓷器界众多专家们的讨论与见解，在经过广泛取证与科学分析之后得出的结论（该结论在我主编的《杭州老虎洞窑址瓷器精选》一书中有详细阐述）。截至目前，在既有的文献资料和考古发掘遗物的研究基础上，以上结论我认为还是比较可信的。然而，历史不能绝对化，我们对历史的探寻、对真理的追求永无止境。

第六章 吴山脚下 皇后的闲庭深院

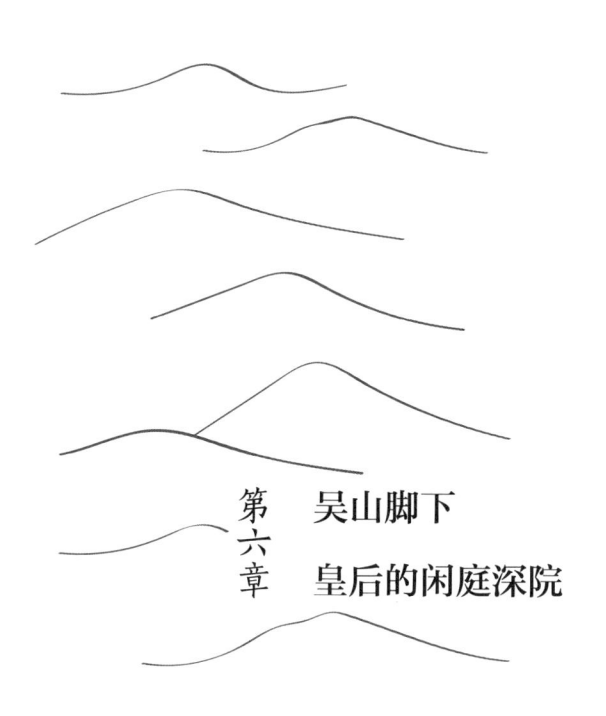

被紧急叫停的住宅建设

2001年4月,杭州城内初春湿润的气息氤氲,杭州市文物考古所忽然接到一位热心市民的报告,他发现在四宜路附近浙江中大集团开发的吴庄基建工地上,有市民聚集起来,正忙着捡古瓷片和铜钱。此事刻不容缓,我们马上赶到现场。

吴庄基建工程已然启动,机器设备和建筑施工人员已全部进场。工地上,果然有群众在施工挖出的土堆上走来走去,俯身翻捡土中的瓷片。我们联系了施工单位负责人,言明此处可能有重要考古遗迹,请他们配合考古工作,暂时停止施工,派人维护现场秩序,让闲杂人员马上退出,并派专人看护现场,对工地上可能存在的文物和遗迹负责。施工单位的现场负责人听取我们的解释后,意识到保护工地文物的重要性，立即停止了施工，很快清退了现场施工人员和围观市民。

到了 4 月 23 日，我们与中大吴庄的建设单位协商后，基建工地全面停工，施工人员全员退出场地。经国家文物局批准，考古队于当日进驻工地，正式展开考古发掘。

我们挖到了皇后宅

遗址东临四宜路，西接蔡官巷北段，南起蔡官巷南段，北至清波街。沿着清波街缓缓西行，漫步两三分钟，就到了当年南宋临安城的西南京城门——清波门的旧址。

中大吴庄是个大项目，征地面积近 3 万平方米，在这个遍布五代、南宋遗迹的地块，挖到宝也是情理之中的。只不过建筑工程开发的模式十分粗犷，追求的是日新月异的效率，因此当我们接手时，发现平整土地等前期施工已破坏了遗址原貌，南半部的基建用地施工甚至发掘至山体，严重破坏了文化层。在"寻宝"的市民翻动过的土壤中，散落着不同历史时期的遗物。南区的混乱令人无从下手，考古人员只好选择对保存尚好的北半部分进行发掘，对于南区里已被翻得乱糟糟的地表遗物，我们也一一采集，妥善保存。

即使搁置了一部分，待开掘的地块仍有14000多平方米，我们难以采取节省人力的"钻探"方式对地下遗迹的保

吴山伍公庙（韩盛 摄）

存情况进行有效探测，而不得不采用花费大量人力的"探沟法"。按照考古工作的一般程序，我们自西向东布设了5条30米×1米的探沟。这可是个大工程，我们全力以赴，终于在5月有了重大发现。

在正房遗迹的南半部，发现了方砖平铺的地面、水成岩质的方形柱础石和夯土台基，在中部和北部又有两处长条砖侧砌的地面，北端竟然还有假山石，我们一时间激动起来。更让我们惊喜的是一块白色岩石。这块白岩是规规矩矩的长方形条石，通体经过细致的打磨，南北朝向平铺着，它是一块水池内的压阑石，它的东侧便是早已干涸的水池，水池西侧是由"香糕砖"竖铺、呈几何纹样的地面，它再次印证了我们的推测：能用得起如此规格的石块作为压阑石的建筑，显然不可能是寻常百姓家，此处的建筑等级不低，而有些遗迹与2000年发掘的南宋临安府治遗址较为相似，更激发了我们探索的欲望。

进入夏荷初绽的6月，杭城开启了"烧烤"模式，赤日炎炎下的工地，气温将近40摄氏度，由于发掘地区太大，没办法做全区域遮挡，我们这些考古人便戴起了草帽，每天蹲在地头，握紧手铲，一寸一寸、一丝不苟地沿着条石走向清理遗

考古现场

迹，边清理边汗流浃背地热烈讨论着、研究着，日复一日地在这块土地上洒下汗水。终于，遗址的面目越来越清晰了。6月下旬，抢在梅雨季节到来之前，我们已将周围的遗迹全部清理完毕，面积超过1600平方米。我们鼓足干劲，一鼓作气，终于在7月初，揭露出遗址原有的面貌与气势。

最早的游泳池

根据《咸淳临安志》的《京城图》，从临安城西南城门——清波门进入城市后，便有一条东西向的道路。翻阅《西湖游览志》，历经南宋、元、明、清，直到现在，此处的道路位置变化不大，基本与现在的清波街一致，如此，我们便大致定位了这座宅邸在临安城的相对坐标，最终确定了这座宅邸遗址的身世——与南宋恭圣仁烈皇后宅位置相符——我们找到的是南宋皇后的宅院！

这座遗址整组建筑的布局是对称的，四周合围成一个方形庭院。庭院正中是水池，有4条踏道阶梯通往周围建筑。水池北侧原本是一座假山，现只残存假山脚。庭院四周是几处用黄黏土夯筑的台基，是此宅的正房、后房和东、西两庑的台基，正房和东庑的外侧还有夹道。

正房在南部，位于中轴线上，是整组建筑中最为复杂的一座。这是一座"凸"字形的房子，根据柱础石和柱础坑的

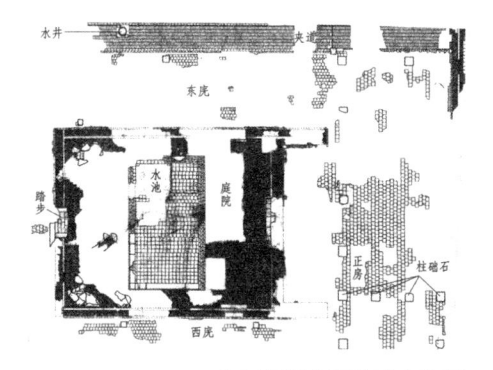

皇后宅遗址平面结构示意图

水池遗迹

水池遗迹

吴山脚下皇后的闲庭深院 | 231

排列，我们推测正房的规格是进深三间，面阔七间，是当时高门显贵的建筑标配。

遗址的中心是一座面积约400平方米的庭院，庭院中部有一个长方形水池，用黄黏土夯筑，上铺方砖。其中，池底整整铺了3层方砖。池壁也是用砖石砌筑而成，每边由4道紧密结合的砖墙组成，池壁上还有长长的白色水成岩质的压阑石，使池壁十分稳固。值得一提的是，方砖的花纹多样，且搭配得当，每一块方砖都与四周的方砖形成了不同的图案，少一块或者拼错一块，效果都将大打折扣，当时的工匠可谓用尽了巧思。南起第三块压阑石上，凿了一道溢水槽，在突棱下和水槽相连处有一个溢水孔。整个水池深1.2米，底部没有淤泥，应该不是荷花池，当然也不可能是华清池那样的浴池。再看池内如此平整干净，倒是更适合游泳，难道它真的是个游泳池？

翻阅史籍，意外发现这位杨皇后原是会稽人（一说淳安人），两地俱属于江南水网密集的地区，当地人喜欢游泳也是天性，而且杭州夏日较热，偌大的庭院中有一泓碧波，也确实令人感到分外清爽。如果真的如我们所料，那么这个水池可能是现今考古发现的最早的游泳池。"知者乐水，仁者乐山"，一泓清澈荡漾的池水，有时能让人暂时摆脱世俗烦扰，沉浸在闲云野鹤般的闲适心境中，正如杨皇后的词所写："后院深沉景物幽，奇花名竹弄春柔。"

庭院的最北侧是太湖石叠成的假山，假山石数量众多、形态各异，大大小小散乱地倒在水池中，大石块重达千余斤，

庭院东北角假山登山踏道

就连小石块也有几十斤重。假山东北角还有一处登山踏道，可到达庭院，也可从踏道登上假山远眺。在层叠的假山中，数个山洞如同迷宫般相互贯通，形成通道，与露天登道相连，又贯穿于庭院之间，让人足不出户便可有户外登山郊游般的野趣。

皇后宅遗址中出土了大量古代遗物，既有高等级建筑构件，如瓦当、望柱等，又有大量瓷片，其釉色分为青瓷、白瓷和青白瓷等，窑口来源丰富，有南宋官窑、汝窑、龙泉窑、定窑、磁州窑、景德镇窑等。另外，还有一些高丽青瓷和未知窑口的青瓷残片。我们在皇后宅中见到为数不多的高丽青瓷，从胎质、釉色、造型、装饰、工艺上看，都与韩国康津郡及扶安郡等窑址出土的高丽青瓷十分接近。这批精美的高丽青瓷，可能是通过商贸活动流入的，两宋时期，中国与高丽的商贸往来十分密切，也可能是朝贡品。

如此大规模的遗迹，再加上众多质量上乘的遗物，却仅仅是南宋恭圣仁烈皇后宅遗址的一部分，可见当时宅院的规模，也足见皇帝对这位皇后的重视。

皇后宅筒瓦

皇后宅瓦当

杨太后的晚年居所

那么，杨皇后或杨太后，果真曾住在这座宅院中吗？陈随应《南渡行宫记》记载："接绣香堂便门，通绎己堂，重檐复屋，昔杨太后垂帘于此，曰慈明殿。前射圃竟百步，环修廊。右博雅楼十二间，左转数十步，雕阑花甃，万卉中出秋千，对阳春亭、清霁亭，前芙蓉、后木樨，玉质亭，梅绕之。"慈明殿中，主要殿宇名为"绎己堂"，"绎"字义为抽出或理出事物的头绪来，"绎己"便是提醒要常常"内省"之意，颇合宋明理学提倡的"内圣外王"之道。

但慈明殿并非杨太后的唯一居所。《咸淳临安志·邸第》就有"诸后宅"的记录，这里所谓"诸后"，包括太皇太后、皇太后与皇后。依照宋朝法律，诸后的娘家亲属与皇帝宗室亲属一样，属于皇室亲戚，因诸后宅与宗亲宅相似，属于"私居"，故称为"宅"。《梦粱录》记载："其后戚宅，元各赐家庙五室，及祭器仪物。每四孟祭享，官给以御厨兵治祭馔，太常寺差奉常官行赞相礼，仍差主管官影堂使臣及兵级守之，以子孙世领祠事。"诸后宅的管理全部由朝廷负责，配备有打理日常事务的干办、使臣。这种人员安排大概和公主宅中的宅都监、管勾公主宅事、勾当公主宅事等内臣的配置类似。《三朝北盟会编》记载靖康之变时，"郑皇后宅隐匿金帛，诏追父祖官。开封府督责金银甚急，郑皇后宅以隐匿金帛不肯尽数输官，有诏父祖并追毁出身以来文字，其余夺官者甚众。又枷项干办、使臣等号令于市。诛指挥使蒋宣、李福、卢万"。这表明诸后宅中由干办、使臣参与打理宅中日常事务。

诸后宅这一制度始于北宋仁宗时期，宋室南渡后，继承了这一旧制。根据《咸淳临安志》，在南宋临安城内，有昭慈圣献孟太后宅（在后市街）、显仁韦太后宅（在荐桥东）、宪节邢皇后宅（在荐桥南）、宪圣慈烈吴太后宅（在州桥东）、成穆郭皇后宅（在佑圣观侧）、成恭夏皇后宅（在丰乐桥北）、成肃谢皇后宅（在丰禾坊南）、慈懿李皇后宅（在后市街）、恭淑韩皇后宅（在军将桥）、寿和圣福谢太后宅（在龙翔宫侧）等，恭圣仁烈杨太后宅为其中之一，位于漾沙坑。

对于久居内廷的杨太后而言，偶尔回到私宅小住，可与娘家人共享天伦。其亲戚亦各有宅邸，其兄杨次山及其胞弟被"赐宅萧山渔浦"。杨次山作为外戚，坚决遵守宋代的外戚避嫌制度，他从不干政，还因此得到了史家的好评。

恭圣仁烈皇后宅遗址作为皇家建筑遗迹，又是皇太后的家宅，规格形制较高，具有重大的考古学和史学价值，一旦

南宋恭圣仁烈皇后宅遗址全景

公布，将会引来各界关注。为确保考古发掘工作的顺利进行，尽量避免外界干扰，我们在发掘过程中做足了保密功夫，直至发掘完毕，都没有对外界透露半点风声，几乎没有留下新闻报道。时至今日，这一重要遗址不仅在学术界寂寂无声，在电视、报纸、网络等媒体上也很少见到相关讨论。当年的过度保密，虽然保证了考古发掘工作的顺利推进，但如此重要的考古发现至今依旧鲜为人知，倒也令我十分遗憾。

杨皇后其人

这座深宅大院的主人是宋宁宗赵扩（1168—1224）的皇后杨氏（1162—1232），"恭圣仁烈"为她的谥号。

杨皇后本名桂枝。据《宋史》记载，恭圣仁烈杨皇后，少以姿容选入宫，忘其姓氏，或云会稽人。庆元元年（1195）三月，始封平乐郡夫人，三年（1197）四月，进封婕妤，五年（1199），进婉仪。六年（1200），又封为贵妃。至嘉泰二年（1202），被宁宗立为皇后。嘉定十七年（1224）闰八月，宋宁宗去世，宋理宗即位，尊杨皇后为皇太后，垂帘听政。次年四月，杨皇后颁布手谕，撤销垂帘听政。绍定五年（1232）十二月，杨氏去世，死后谥"恭圣仁烈"。

值得注意的是，《宋史》编纂于元朝末年，距离南宋灭亡已经过去半个多世纪，又因为编纂时间仓促，可能对于杨皇后的记载存在一些谬误。如《宋史》本传载杨皇后为"会稽人"，但南宋景定年间撰写的《景定严州续志》则称"宁宗后为严（严州）人"。为此，清乾隆钦定《四库全书》总纂官纪昀在《景定严州续志》提要的按语里写道："其户口门中载宁宗皇后为严人，而会门中亦载主集者为新安郡王、永宁郡王。新安者杨谷，永宁者杨石，皆后兄杨次山之子也。而《宋史》乃云后会稽人，当必有误。此可订史传之讹矣。"

关于杨皇后的籍贯，除文献记载外，1987年，在杭州淳安县的皇后坪村还找到了杨皇后家族的墓址。此地与杨氏祖居所在地杨家村同属里商乡。里商乡古属淳安县三十一都，宋代称"潦源"，明代称"文源"，明代以后称"商家源"。"潦源巧坑"即皇后坪村，土名"高坪"。墓在20世纪60年代已遭破坏，碑坊无存，封土堆被夷为平地，幸墓穴尚未被掘，仅存遗址。现墓地长8.4米，宽7.5米，墓向坐南朝北，四周均为民居。1987年冬，杨家村的杨姓后裔对该墓进行了重整。里商乡杨家村村民杨怀忠家还收藏有一部《弘农杨氏宗谱》，据宗谱记载，杨皇后的祖父名宇（1102—1164），字广生，号欲孰，本开封人。北宋靖康二年（1127），携带家人到睦州青溪（今淳安）避难，开始住在太平桥（位于原淳安老城内，现已被千岛湖水库淹没），后来搬到南潦源十五坑（今里商乡），"见其山峻水缠，地形幽爽，乃家焉"。因为孙女的缘故，追赠永阳王，并葬于潦源巧坑，墓前有御笔亲题"国戚墓冢"四字，墓下有石坊曰"承恩第"。

杨皇后的父亲名纪（1125—1190），字子序，举进士第，任官事制临时行政，生了四个儿子和两个女儿。其中，长子就是杨次山，次子杨岐山，三子杨望山，四子杨冯山；长女名兰枝，次女桂枝，桂枝就是杨皇后。宗谱还记载，杨皇后生于淳熙十年癸卯（1183）十二月十二日。一天晚上，杨皇后的父亲梦见一位白发老人，以丹桂相赠。本来他想把丹桂带回来，就在这时，却突然醒来。不久夫人生了女儿，便起名"桂枝"。虽然带有一些神话色彩，可能是谱牒对贵人出生时的夸张描绘，但对杨皇后的姓氏、祖籍、出生年月、闺名，提供了具体翔实的史料，可佐史释疑，弥补《宋史》的不足。

杨皇后家族墓址及《弘农杨氏宗谱》的发现，对研究南宋这段历史有一定的参考价值，特别是为杨皇后的姓氏及籍贯的考证提供了翔实的史料。

与宋朝的很多帝后一样，杨皇后笃信佛教。南宋嘉定元年（1208），在小麦岭建旌德显庆寺，作为功德院，由宁宗皇帝御题匾额。嘉定十七年（1224），佛光法师如坦请为塔院。杨皇后赐钱重建佛光福寿院，拨赐山田，宁宗皇帝御题"桂堂"二字。宝庆三年（1227），赐钱重建菩提院大殿。曾诏径山师范禅师到慈明殿升座说法，赐号"佛鉴"。杨氏也热衷于做善事。开禧元年（1205），奏请免除两浙地区的身丁钱。绍定元年（1228），又出缗钱一百五十万犒赏诸军，赈赡流落京城的穷困百姓。

杨皇后学识渊博，是一位政治女强人。庆元六年（1200），封为贵妃。当时宋宁宗的皇后韩氏刚去世，中宫未有归属。杨氏与曹美人都深受宋宁宗宠爱，都有希望成为皇后。权臣韩侂胄看到杨贵妃精于权术，而曹美人柔弱恭顺，便劝说宋宁宗立曹美人为后。但贵妃因为颇通文史，人又机警，最后宋宁宗还是将她立为皇后。杨次山的门客王梦龙打听到韩侂胄跟宋宁宗所说的言辞，秘密地告诉了杨氏。杨氏非常怨恨，欲诛杀韩侂胄。此时，正好韩侂胄决定再次起兵北伐，恢复中原。杨皇后便指使皇子赵曮入奏宁宗，说开禧北伐大败而归，现在韩侂胄又要重启战端，势必让国家再次蒙受战败之耻辱。但宁宗不予答复。礼部侍郎史弥远平素就与韩侂胄矛盾很深，于是杨皇后便与之密谋，诛杀韩侂胄。开禧三年（1207）十一月三日，韩侂胄正要上早朝，史弥远暗中派遣中军统制夏震到六部桥侧埋伏，等韩侂胄过桥之际，伏兵一拥而上，立刻将其擒获，押解到玉津园诛杀。韩侂胄死了之后，史弥远逐渐专掌朝政。

嘉定十四年（1221），宋宁宗因为没有子嗣，便培养宗室子弟贵和，立其为皇子，赐名"竑"。赵竑本是赵希瞿之子，初名赵均，进封祁国公。次年，改封沂国公。当时，史弥远担任宰相，深受杨皇后信任，独揽朝政，令赵竑心中渐生不满。因为赵竑喜好弹琴，史弥远便买回一个善于弹琴的美人，献给赵竑，并命令她窥伺皇子的一举一动，一有异常立刻报告。赵竑不知道其中计谋，对美人异常信任。有一天，赵竑指着墙上挂的地图对美人说："这是最南边的琼州、崖州，日后一定要将史弥远流放到这些地方。"美人立刻将这话报告给史弥远。赵竑又曾在书桌上写下"弥远当决配八千里"，将之

20世纪90年代的杭州吴山脚下（吴海森 摄）

作为座右铭。史弥远听到这些消息，大为惊恐，便图谋废掉赵竑，另从宗室子弟中选择赵昀为皇子。

嘉定十七年（1224）闰八月丁酉，宋宁宗病危，史弥远半夜召赵昀入后宫，连杨皇后也不知情。随后，史弥远派遣杨皇后的侄子杨谷、杨石前去告诉杨皇后废立之事。杨皇后不准。当晚，杨氏兄弟往返七次，杨皇后始终不答应，最后，二人同时哭泣跪拜，说："朝廷内外都已赞成，如果皇后坚决不肯，必生祸乱，到那时我们杨家就有灭门之灾！"杨皇后沉默良久，问道："你们要立的那个人在哪里？"史弥远等人即刻将赵昀召入后宫。杨皇后抚摸着赵昀的头说："你从今之后就是我的儿子啊！"于是假发宋宁宗遗诏，改封赵竑为济王，立赵昀为皇子，即帝位。新皇即位后，尊杨皇后为皇太后，与皇帝一起临朝听政。不久，宋理宗到了成婚的年龄，杨太后选定了谢深甫的孙女谢道清为皇后，即后来的谢太后。此外，周国公主的驸马杨镇、宋度宗的嫔妃杨淑妃也出自杨皇后的家族。

杨皇后不仅是政治女强人，还是中国书画史、鉴藏史上的重要人物。

杨皇后善翰墨，法王羲之、王献之父子，曾作诗云："家传笔法学光尧，圣草真行说两朝。天纵自然成一体，谩夸虎步与龙跳。"她还曾为宋宁宗代笔，在当时多位宫廷画家如马远、朱锐、刘松年、李嵩、马麟等的画上题诗。马远《王宏送酒图》上有杨皇后题诗"人世难逢开口笑，黄花满目助清欢"。马麟的《层叠冰绡图》上有杨皇后题诗"浑如冷蝶宿花房，拥抱檀心忆旧香。开到寒梢尤可爱，此般必是汉宫妆"。马远的《华灯侍宴图》上的题诗"朝回中使传宣命，父子同班侍宴荣。酒捧倪觞祈景福，乐闻汉殿动欢声。宝瓶梅蕊千枝绽，玉栅华灯万盏明。人道催诗须待雨，片云阁雨果诗成"也有说是杨皇后所写。

杨皇后亦善写宫词，在文学史上也占有重要地位，有宫词 50 余首流传至今。如"瑞日曈昽散晓红，乾元万国佩丁东。紫宸北使班才退，百辟同趋德寿宫""天申圣节礼非常，躬率群臣上寿觞。天子捧盘仍再拜，侍中宣达近龙床"等诗句，意在咏南宋时事。又如"薰风宫殿日长时，静运天机一局棋。国手人人饶处着，须知圣算出新奇""思贤梦寐过商宗，右武崇儒治道隆。总揽乾纲求治理，群臣臧否疏屏风""用人论理见宸衷，赏罚刑威合至公。天下监司二千石，姓名都在御屏中"则是在赞颂帝王的驭政有道。吟咏宫中四时景物及宫妃

20 世纪 90 年代的杭州吴山脚下宅门深处（吴海森 摄）

们的赏心乐事，也是杨皇后宫词的重要题材，如"柳枝挟雨握新绿，桃蕊含风破小红。天上春光偏得早，嵯峨宫殿五云中"，柳枝挟雨，桃蕊含风，宫中春景一派盎然；"一帘小雨怯春寒，禁御深沉白昼闲"展现了宫廷生活的闲适。个别作品更是出色的宫怨诗，如"辇路青苔雨后深，铜鱼双钥昼沉沉。词臣还有相如在，不得当时买赋金"，诗中女主人公的哀戚与绝望之情力透纸背，具有极强的艺术感染力。

杨皇后的宫词是宋代宫词的重要代表作，将帝王妃嫔的日常起居、政事礼俗及宫苑景物鲜活地展现在人们面前，比之前人在诗艺的拓展、字句的锤炼、意象的丰盈等方面都取得了极大的进步，也具备了叙事、补史的功能，对后世尤其是明代宫词产生了重要的影响。

晚年的杨氏，仍然保持着端庄娴雅的风度。保存至今的杨皇后画像有两幅，一幅为《宋宁宗后坐像》立轴，一幅是《宋宁宗后半身像》册页。坐像中，杨皇后端坐于椅子前方三分之一处，双手交握于宽大的衣袖中，放置于膝盖上，坐姿端正，代表了南宋贵族女性的标准坐姿。头戴龙凤纹花钗冠，身着交领大袖的五彩袆衣，衣上织绣五彩翟鸟纹；白色素纱中单；领、襈、襫皆朱色，无大带。面色沉静，不苟言笑，给人以端庄、恭肃之感。椅背的龙首下方，浮贴一小纸，上书"宋宁宗后"，应是清代乾隆戊辰年（1748）重新装裱时所添附。

宝庆二年（1226）十一月戊寅，宋理宗为她加尊号"寿明"。绍定元年（1228）正月丙子，又加上"慈睿"二字。绍定四年（1231）正月，杨氏过七十大寿，宋理宗率领百官到慈明殿庆贺，加尊号"寿明仁福慈睿皇太后"。同年十二月辛巳，杨氏身体不适，宋理宗下诏祷祭天地、宗庙、社稷、宫观，大赦天下。绍定五年（1232）十二月壬午，杨氏于慈明殿驾崩，谥号"恭圣仁烈"。宋理宗亲自到慈明殿行奠酹礼。宫中行三年丧。其与宋宁宗合葬于永茂陵。

第七章 与今人争路段的千年御道

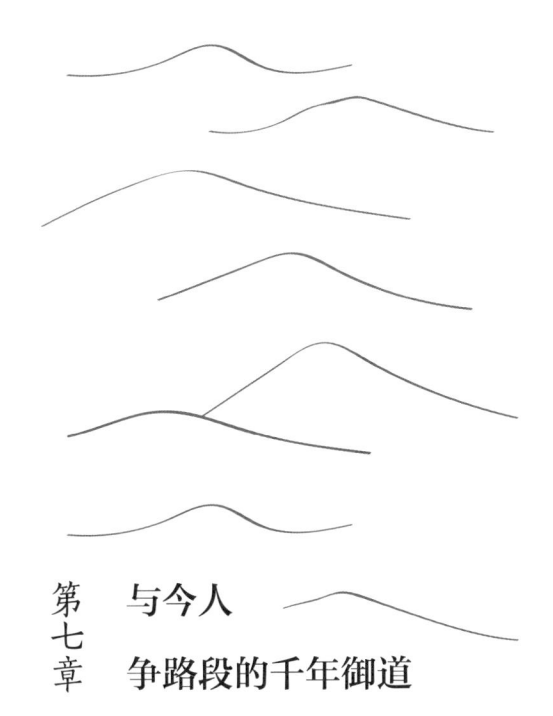

卷烟厂里的岳飞办公室

南宋绍兴八年（1138）春天，宋高宗赵构摸爬滚打渡过长江，沿途收编离散的朝臣将帅，自建康出发，一路南下，最终临时定都杭州，但只称"行在"，却不敢明言"定都"。在一连串的仓促决策后，凤凰山、万松岭一带成为赵宋皇室的安身之地。

八百多年后，在这片南宋皇城故地上，红色政权席卷而来。1949年10月，中国人民解放军浙江省军区（原第七兵团）建起杭州卷烟厂，陪伴着杭城走过了半个多世纪的历程。

又过了三十几个春秋，到了20世纪80年代，改革开放伊始，考古工作也迎来了新的春天。著名考古学家徐苹芳带着一队考古人，组建起了南宋临安城考古队，开始对南宋故都进行科学、系统的考古工作，展开了第一批考古勇士的

徐苹芳先生（右一）考察南宋御街遗址

拓荒之旅。

1994年的金秋时节，堪称"第二代临安城考古队员"的我们，接过前辈们的考古铲，在姚桂芳所长的带领下，继续推进南宋故都探索之路，怀着激动的心情走进了杭州卷烟厂，开始对南宋三省六部建筑基址进行考古挖掘。

如今，六部桥畔的中河清波荡漾，水光摇曳，让人不禁忆起故都盛景。可昔日的三省六部已深埋地下，只是偶有考古人在六部桥西侧寻到些零散文物，觅到它的蛛丝马迹。

宋代延续唐代的三省六部制度，三省即中书省、门下省和尚书省，是国家最高政务机构，三省长官共同负责中枢政务，行使宰相职权。六部隶属尚书省，分为吏部、户部、礼部、兵部、刑部、工部，各司其职，各辖其事。作为朝廷的中央机关，三省六部旨在提高行政效率，同时分化、抑制相权。宋室南渡后，沿袭前朝旧制，三省六部官署集中分布在都亭驿桥以西，直至清平山、宝莲山麓一带，都亭驿桥也因此得名"六部桥"，一直沿用至今。风雨飘摇中的南宋，虽党争与权相不断出现，三省六部却仍在纷争中勉力维持，推动着历史不断向前，促使经济、文化不断发展。六部中包含兵部，因此南宋最高军事机构——枢密院也曾设在此地。

南宋绍兴十一年（1141），岳飞怀着一腔忧虑与愤懑，卸甲回归临安城。前脚还在阵前大杀四方，宰了完颜宗弼的女婿，后脚却被夺兵权，塞进枢密院做了个不咸不淡的枢密副使。此时的岳飞大概还不知道，他的命，早已被宋金高层放在谈判的天平上，作为和谈的筹码，成为权力游戏的牺牲品。三省六部中的枢密院在凤凰山脚下、西湖之畔，环境幽雅，

御街发掘前的现场照片

三省六部遗迹

景致宜人。遗憾的是，岳飞没能在这间办公室里盘桓几日，很快就被捕入狱，并于次年遇害。

1994年秋叶纷飞之时，我们在姚所长的带领下，来到凤凰山脚下，熬过南方阴寒的冬日，努力奋战了半年多，终于在1995年春天结束了这次大面积的发掘工作，找到了三省六部的房基、水沟、暗井和砖砌道路等基建遗迹。

就在我们以为三省六部大抵也就如此，一切已经尘埃落定时，新的发掘契机出现了。

1997年夏天，杭州卷烟厂综合楼的基建工程如火如荼地进行着，大量的渣土被挖出来，堆在江边的荒地上。这堆原本无人理睬的渣土，引发了后面的一系列故事。

一些卷烟厂附近的居民，竟顶着炎炎烈日，跑到江边，整天围着渣土堆，不辞辛苦地挑挑拣拣，像是春天踏青挖蒲公英一般。传言不胫而走："他们在捡南宋官窑瓷器！"很快，更多"有心人"蜂拥而至，在江边越聚越多，卷烟厂的渣土堆成了香饽饽，被躬着腰俯身探索的人们底朝天地翻了好多遍。

考古所很快接到消息，随即赶到正在进行基建的厂区，与相关单位沟通，从速展开抢救性发掘。这真是意外的惊喜！

我们在厂区内探测搜索，竟真的发现了南宋的河道和船坞。在这片遗址中，还出土了一艘南宋的木船与大量的官窑、龙泉窑、越窑青瓷片和数百枚铜钱。河道船坞遗址现场距离南宋皇宫的北门和宁门仅百米之遥。相隔一年多的时间，我们便从"岳飞办公室"奋战到皇宫门外。此处出土的大量文物既令我们振奋，也让我们忍不住遐想：不远处那郁郁森森的皇宫禁苑里，在800多年前，曾经发生过怎样惊心动魄的故事？

临安虽被称作"行在"，却是实实在在的南宋都城，是南宋中央官署所在地，更是政治与权力中心。根据南宋遗留下来的《咸淳临安志》等古籍记载，从南宋皇城至朝天门一带，南宋的中央官署星罗棋布，可叹它们在悠长的岁月中深埋于地下，成为无人知晓的秘密。我们一代又一代的考古人，接力赛般地不断探索深挖，终于使被尘埃湮没了800年的南宋中央行政机构重见天日，也使世人能透过重重历史岁月，见到南宋三省六部的庐山真面目。

杭州卷烟厂曾经是杭州最忙碌的企业之一，没有人知道它就坐落在当年南宋皇城的大门口。多年以后的今天，杭州卷烟厂早已并入了浙江中烟工业公司，厂址也从皇城门口搬去了转塘，进驻高速发展的工业区，顺应了杭州走向钱塘江时代的脚步。

烟叶是明代时传入中国的，宋代的中国人，当然没见过烟叶，更不会吞云吐雾。800年后，雄狮、利群、新安江这些名烟声名远播，都是从这位于三省六部原址上的工厂——杭州卷烟厂一根根加工、一箱箱运输到祖国各地。当时这些烟都是抢手货，卷烟厂每日丢弃的残次烟，被考古队的小伙子们捡了去抽着玩。日常的考古工作辛苦而枯燥，在好奇心的驱使下，我们考古队里的小梁、小高都在这里学会了抽人生中的第一支烟。

枢密院里，岳飞遇到了阴险毒辣的秦桧；卷烟厂里，我们遇到的却是热心支持文物保护工作的工人同志。卷烟厂的裘工与我们考古队缘分不浅。他本名裘得宝，人如其名，还真是圆乎乎的一脸福相。在发掘三省六部遗址时，考古工地的日常作业十分艰苦，我们得到了裘大哥的多番照顾。如今他也有70多岁了，愿好人都能健康长寿。

卷烟厂里的考古工作告一段落，但根据过往的考古经验这只是一个开始。自此，我们打开了一个通往800年前场景的时空隧道，顺藤摸瓜地探寻到严官巷御街等一系列重要遗址。

天子行走

"近坊灯火如昼明，十里东风吹市声。"（陆游《夜归砖街巷书事》）

1202年的一个冬夜，风烛残年的陆游独自一人，悄没声儿地回到砖街巷的居所。他早已过了"为国戍轮台"的年纪，再也无力追逐战场上的铁马冰河、激扬飞跃。砖街巷，也叫"保和坊"，在今天的孩儿巷，位于当时的御街旁。作为繁华中心的御街，是南宋皇城的中轴线，如同唐长安的朱雀大街，是令人们仰止的存在，也是政治至高权威的象征。看着御街上灯火照如白昼，热闹非凡的街市绵延十里，陆游心中却一片悲凉。

南宋临安经济上的兴旺发达，对比政治军事上的委曲求全，很容易让浪漫而又忧国忧民的文人们"精神分裂"。被西湖暖暖的靡靡之风熏得昏昏欲醉时，却不甘心将杭州作汴州，喉咙里总卡着一根国破家亡的鱼刺。临安的偏安一隅、不思进取，令心存故国的士大夫们幽怨难消，竟成了诸多传世诗文的温床。"天涯海角悲凉地，记得当年全盛时""宣和旧日，临安南渡，芳景犹自如故。缃帙流离，风鬟三五，能赋词最苦""衣冠怀故国，鼓角泣离人"……满目繁华，满腹牢骚，满心失望。

御道又称"御街""天街"，是专供皇帝走的道路，天子在上面可以驾车，他人却不能踏足半步，连准皇帝太子，都不能越雷池半步。御街宣示着皇权至高无上的权威，天子行走，睥睨众生。南宋临安城的御道建设，仿效北宋汴梁御街，南起皇宫北门和宁门（今凤山门附近），经朝天门（今鼓楼）、观桥（今凤起路、武林路），北至武林门前的中正桥，向西拐一直到景灵宫（今环城西路）。

御街是南宋临安城的中轴线，是城市纵横交错的道路的坐标轴，围绕着这条中轴线，临安城形成四通八达的陆路交通网，拓展出一个又一个热闹而各具特色的坊市。仅御街本身，就串联了三个闹市区，一处在皇城门外的鼓楼至清河坊一带，一处从羊坝头至官巷口，另一处从棚桥至众安桥。御街之畔，清河坊、市西坊、官巷口、众安桥，一入夜便熙熙攘攘、喧闹非凡，是真正车水马龙的人间烟火处，"珠玉珍

六部桥凤山水门（刘浩源 摄）

异及花果、时新、海鲜、野味、奇器，天下所无者，悉集于此"，临安无愧于当时"天下第一大都会"之名，即使偏安一隅，一直摆脱不了战争阴影，却极尽繁华，璀璨如斯。

我们在太庙、三省六部等一系列南宋临安城考古项目中，曾多次发现御道遗迹。1988年，我们考古队又在中山南路西侧杭州卷烟厂内发现南宋御道遗迹，残长60米，宽约15.3米，这一段御道是从皇宫北门和宁门起步的。2003年底至2004年夏，我们又在万松岭隧道东接线（严官巷段）工地再次发现了南宋御道遗迹，这段御道已揭露部分的长度为10.22米，宽度7.2米。由于此处是穿山公路，考古现场发掘空间受限制，又因御道主体部分被中山南路压在下面，因此御道的宽度尚不清楚，但从已发掘部分的宽度和长度，以及遗址的铺陈，可以想见当时御道的皇家气势。

南宋御街专供皇帝车驾通行，在那个皇权至高的时代，彰显着封建皇帝天下第一的权威。然而，这也只是一种补偿，痛失家国后的南宋皇室，为了补偿心中这份失落，用心经营临安城，使其成为当时世界上最繁华的都市之一，他们试图用新的辉煌重温祖先的太平盛世之感，当然也会在礼制上"变本加厉"，而御街之行也成为南宋皇帝华丽庄重的祭祖途中的顶级行程。《武林旧事》中记载南宋皇帝举行"大礼"时盛况空前，和宁门外六部桥口至太庙北一段御道已提前"皆以潮沙填筑，其平如席，以便五辂之往来"。这段路要并排行驶五辆车辇，象院还派两头大象撑场面，紫衣蛮奴骑着大象，

杭州卷烟厂内南宋御街遗迹　　　严官巷南宋御街遗址考古工地全景

而大象"旋转跪起，悉如人意"。由此可见，南宋的御街上，不仅有专供皇帝御辇行走的车道，碰到年节仪式时还要铺陈诸多仪仗。御街两侧，则是供百官、百姓行走观瞻的道路，此外还有临街商铺的门脸。很多人不远千里来到临安观看皇帝出行祭祖，总要找个最佳观景点，于是每逢重大活动，御道两侧便人头攒动，而两侧商铺的二层楼，视野好，提前半年就被人订走了，只为了看热闹。"珠翠锦绣，绚烂于二十里间，虽寸地不容间也。歌舞游遨，工艺百物，辐辏争售，通宵骈阗"，能容纳这么一个花花世界，整个御街的宽度应该非常可观。

南渡初，御街由都水监所属的街道司管辖，每逢皇帝通行御街，街道司会同东西八作司便提前几个月，派二三百个兵卒修整路面，排除积水。绍兴十年（1140），南宋渐渐在东南落脚安营，由此开始正式进行各种建设部署，作为临安中轴线的御街由都水监划归工部管辖，皇帝行走御街的仪式也逐渐加倍繁复起来，而御街两旁也展开了如火如荼的建设。

南宋临安城中，东西向大路大都以御街为中心，向东西两边延伸，沟通着临安城诸城门。纵横交错的道路以御街为中心，状似鱼骨，织就了四通八达的交通网。御街两侧，特别是和宁门至朝天门路段，分布着南宋朝廷诸多重要机构，中枢机关三省六部官署即在此，南宋赵氏宗庙——太庙也在御街一侧，五府（又称"五寺"，包括太常寺、宗正寺、大理寺、司农寺、太府寺）和玉牒所也在御街旁。而与这些高门森严的中央官署做邻居的，则是当时的高级商铺，代表着临安城商业时代的精英商户。《武林旧事》记载了当时杭州御街两旁商肆林立的景象，御街周边诸行百市样样齐全，一时繁华无比，"无一家不买卖者"。直到后世，还有人忆起御街的繁荣。元人萨都剌在《河坊街》诗中有"一代繁华如昨日，御街灯火月纷纷"一句，畅想南宋御街流光溢彩的盛景。御街是南宋临安城的中轴线，也是当时临安商业的轴心，到了今天，与当年御街走向一致的中山路，经历 800 多年，依旧是杭州最主要与最繁荣的商业街之一，可见御街虽历经战火，但无论如何演变，都是古今的繁华胜地，这与南宋人打下的基调密不可分。

　　史籍中关于南宋御街的记载极少，我们只能从方志野史的零碎信息中搜集御街的前尘往事。虽然临安城在 1138 年成为行在，但当时的临安城还有待改造成为一个国都的规制，至于御街始建于何时，更加无从考证。《咸淳临安志》卷

南宋遗址陈列馆内部

与今人争路段的千年御道 | 267

二十一中，倒是有一段文字，对南宋御街描述得较为详尽："御街，自和宁门外至景灵宫前，为乘舆所经之路，岁久弗治。咸淳七年安抚潜说友奉朝命修缮，内六部桥路口至太庙北，遇大礼别除治外，袤一万三千五百尺有奇。旧铺以石，衡从为幅，三万五千三百有奇，易其阙坏者凡二万。跸道坦平，走毂结轸，若流水行地上，经涂九轨，于是为称。"由于皇帝三年行一次大礼，御街的修缮整饬便成了工部的日常任务。从和宁门北至太庙的御街，当年有35300多块石头，修这一次，就换了20000块，工程不可谓不大。不过我们挖出来的御街却是由砖砌成的，一方面可能是后期用砖替换更方便，另一方面，御街只被挖出一部分，主干道依旧压在现在的中山路之下，我们暂时无法看到御街的全貌。那下面是条石，还是"香糕砖"？到底有多宽？边缘又是怎样的？这些还有待未来进一步的考古发掘。也许在某天，当中山路进行大规模整修时，我们才能得到答案。不过，我们已有的考古一手资料，经横向统计、整理、分析后，参照古籍中的宋体临安城古地图，对于解决"南宋御街到底有多宽"等谜题有着极大帮助。我们清理出来的单向辅道有5.15米宽，那么若两边都有辅道，光是供百官和百姓行走的辅道合计就有10多

著名考古学家徐光冀（左二）、古建筑学家杨鸿（左三）、宋元考古专家秦大树（左四）、著名考古学家朱岩石（左五）对南宋御街遗址进行实地考察

著名考古学家严文明先生（左二）考察南宋御街遗址

米宽，并且这条辅道即使经过多年碾压和百年沉积，依旧规整，可见营造时相当考究。辅道尚且如此，供皇帝行车的主御道，无论在规模还是营建模式上，都非辅道可比，只会更加高级。

结合文献记载亦可推知，我们所挖出河道的地理位置，原本是御街东侧的盐桥运河（今中河）通往西部南宋中央官署区的支河。盐桥运河南起皇宫和宁门外的登平坊，北通天宗水门，长约7000米，是杭城最长、历史最悠久的人工运河。采用"河路并行"城市布局的城市，在中国南方城市中只有两个，那便是地处江南水乡的苏州、杭州，也就是当年的平江府与临安城，而御街与运河并行，也正是南宋临安城的最大特点。可以想见，陆路车如流水，水路流水行舟，水陆并行，真是别有一番风味。我们在这次考古发掘中找到的南宋临安城桥墩、桥块与河道遗迹，恰恰印证了当年临安城"水陆并行"的城市道路规划。即使在今天，杭州的很多道路还是水陆并行，城区十大河道俱伴随着城市公路，长路漫漫，河水悠悠，拥有绵延几百年甚至上千年的水乡特色。

御街附近还有三省六部这类南宋朝廷的中枢机关。南宋定都临安后，头等大事除了建好皇宫内苑，就是要将中央各部行政机关构建起来。南宋绍兴二十七年（1157），以皇宫北面的显宁寺为基础进行扩建，三省六部落地御街畔。史籍对这些建制的记载十分简略，而古地图又艺术性高于准确度，虽然三省六部被挖掘出来了，但是其北端的位置一直悬而未决。根据古地图进行定位分析，有人甚至怀疑此次挖掘出的围墙便是三省六部的北墙，但也尚未有定论，这意味着未来我们还要继续探索，找出真相。

在严官巷的考古发掘期间，我们考古队循着遗迹的走向与分布，不断探索，发掘结束时，自然而然形成两个发掘区块，分布在严官巷南、北两侧。南北区域的主要遗迹都很多，但以南宋御道为中心，呈现出不同的建筑形态，其功能也各不相同。

我们从严官巷东段北侧，开启了南宋御街遗迹的探寻之路。这段遗迹紧靠着曾经人潮如织的中山路，其东、南、北三面遗迹依旧深埋地下，因为各种因素暂时未能发掘。这段御街为南北走向，与中山路走向完全一致，大部分被压在中山路之下。我们挖掘出的此段御街长度为10.2米，宽度7.2米，分主道和辅道两部分，主道位于中央，两条辅道并列于主道东西两侧，贴着主道延伸。御街的主道部分宽2.05米，御街的西侧辅道宽 5.15 米，并列分布着南北走向的 3 段 2 米多长的砖砌路。没人知道当年从皇宫到景灵宫的御道上，到底有多少块砖。也只有那些俯身地面砌砖的工匠们，才明白每一块砖铺上御道时，都遵循着怎样的营造法式，才能历经几百年，依旧严丝合缝，能完美地呈现在今人面前。

沿着御街主道，我们向南发掘，寻到了御街遗迹南端的桥堍基础遗迹。基础是用大砖砌成的两级阶梯，第一级高 15 厘米，第二级高 35 厘米，桥堍用木桩支撑着，还有 12 根，木桩直径约为 12 厘米，木桩两两相隔 20—50 厘米。桥墩基础与桥堍相距 0.95—1.4 米，用条石错缝平砌而成，桥墩下的木桩直径也是 12 厘米，间距约 20 厘米。桥下原本应是走水的，只是 800 年沧海桑田，当年与御街并行的河流也已干涸并被尘土掩埋。

再往西行，便是一条与御街垂直相交的南宋道路，东端直接砌筑于御街西侧辅道之上，一直向西延伸，西部目前依旧被压在地层中。这条路长 38 米、宽 3.1 米，处在南宋中期与早期 2 个地层中，由"香糕砖"并列横向错缝侧砌，主要用连续纵向侧砌"香糕砖"两皮作为包边，也有几处用"香糕砖"并列纵向侧砌作间隔。如此长的一条路，铺设规整讲究,且与御街相接,在当时肯定也是一条重要道路,周边应该都是黄金地段,逢年过节遇到重大活动,大抵也是熙熙攘攘、热闹非凡的。

行过这条东西向的南宋道路,可见御街继续向南延伸,我们沿路发现了一座房屋基址遗址,它依旧位于严官巷中段北侧,由大殿后檐廊、天井、过道、东厢房、边门、排水沟及砖座组成。

大殿的后檐廊面宽五间,四周环绕围廊,不过我们只挖出了它的东部,发现有4块残存柱础石,其中自东向西第3至第4块柱础石板的中心点相距3.45米,这应是大殿当心间的面宽,而第1至第3块柱础石板的中心点相距7米,应是东次间和东尽间的共同面宽。

整个遗址的中心区域是天井,南北长3.45米、东西宽7米,我们只挖出了东部、南部,其余部分还有待深挖。天井是泥底地面,周围砌筑着台阶,台阶依旧是错缝平砌的条砖,上面压着压阑石。

在天井之东,在大殿和厢房之间,有一条可进出大殿的过道,东边挨着边门遗迹,它南北长3.5米、东西宽6.95米,用长方砖铺地。天井东侧便是东厢房,面宽0.8米,进深6.25

米。我们还未挖出东厢房的北半部，因此，其整体的面宽和总间数还没法探清，只有3块柱础石。东厢房中，被我们挖出来的房间是一个分前后间的厢房，地面是错缝平砌的长方砖，与过道分隔开。一条宽1.4米的后檐廊围绕着大殿、过道和厢房的后檐。

天井之南是一条宽0.45米的水沟，天井的东南隅又有一条暗沟，两沟交汇成一沟，沿着过道底部的暗沟，将大殿中的雨天积水和生活废水向东北输送，最终排入中河。

大殿中，还有一个残缺的砖座，虽然不完整，做工却相当精致。砖座的平面是长方形的，长0.75米、宽0.57米，残存的底座、下枭和束腰加一起高0.34米。底座是一个青砖铺设的平台；下枭用青砖砌筑，共3层，为收分结构，四足雕刻着精美的花纹；束腰由青砖竖砌，刻着美丽的如意头花纹。

北区发掘完毕后，我们便到了南区，首先挖出来的是一段元代石板路，它只是长路中的一小段，两端依旧埋在深深的地下。这条路呈东西走向，用石板平铺而成。奇怪的是，石板一侧被凿出一排锯齿，不知有何用途，尚有待考据。石板分为南北两列，北列横向平铺，南列稍稍高于北列,却是纵向平铺的,两列石板相距 0.45—0.5 米。然而这条石板路之下还压着其他南宋遗迹,因此我们只保留了西侧一段 12 米的路。

越过石板路再向南行,我们发现了一段南宋围墙遗迹,它与元代石板路走向一致,也是东西向。墙头已残破不堪,围墙仅剩 0.5 米高,目前挖出来的围墙有 32 米长,但由于受发掘场地的限制,围墙的两端还在地下。整座围墙建筑在河道南驳岸顶部一块块琢磨规整的乳白色太湖石基之上,墙宽 1.22 米,比其下的太湖石基窄 0.15 米。围墙用长方形青砖纵横相间,平砌了 3 层,又在内侧和外侧各砌单皮的长方形青砖,用泥土填实间隙,进行墙根的加固与防水。我认为这是三省六部的北围墙。

紧靠着这段围墙遗迹的北侧,是一条南宋河道的遗迹,它自西向东,与围墙平行。800 年前,这里的河水也曾奔流不息,承载着当年的繁华。这段河道长 8.8 米,河道南侧的驳岸高 1.1 米,主体用红褐色的砂岩石块垒砌而成,驳岸底部外侧则是黄土夯土层,结构非常特殊——先用大小均匀的鹅卵石铺底,其上铺筑 3—4 层不规则的石块,又用碎石填满缝隙,再加黏合剂,终成坚固的石墙。驳岸的内侧是与外侧等高的

南宋晚期石砌的水闸设施遗迹

南宋前期砖砌御街路面的"香糕砖"

黄色夯土。驳岸的顶部是由一块块琢磨规整的乳白色太湖石平铺而成的长方形压阑石，做工相当考究，而驳岸上还压着前面提到的那段围墙。

顺着河道，我们在围墙北侧发现了一个南宋晚期石砌的水闸设施遗迹，它由储水池、水闸和水渠组成。这套储水设施配套完备，设计科学，营造考究。首先映入眼帘的是一个方形的储水池，由红褐色砂岩的长方形条石平砌而成。储水池底部环绕着一道石砌台阶，6根木桩固定在南侧台阶处。令人惊奇的是，储水池的底部有天然泉眼，泉水至今仍汩汩地从地下涌出。水闸位于储水池的东侧，闸口宽1.35米，由两块高2.15米的条石竖立而成。条石内侧凿有一道道横竖凹槽，当初应是以此来控制水闸门，以调节水量的大小。水闸与东西向水渠相连。我们挖掘出了5.1米长的水渠，水渠两壁由条石上下错缝垒砌而成，底部铺设石板。储水池西壁处是一条东西向的水渠，我们只挖出了3.95米，它由不规则条石错缝砌筑而成，水渠底部铺设石板，残留着护基木桩。储水池北壁外也有一条南北向水渠，挖出的长度是1.05米，水渠内宽0.62米，两壁用略呈方形的块石错缝叠砌，渠底则用条砖纵向并列侧砌。

在南宋御街南北两区的遗迹中，我们发掘出了大量南宋至明清时期的瓷器、建筑构件等遗物。出土的瓷器品类丰富，来自当时南方的几个主要窑口，如南宋官窑、龙泉窑、越窑、建窑、景德镇窑等，其中的南宋官窑洗、青白瓷粉盒、龙泉窑青瓷香炉等宋代的代表性瓷器，釉色晶莹，瓷质细腻，线条流畅，制作精美。令我们十分关注的是一件南宋龙泉窑青瓷碗，碗的口沿与腹壁上清晰可见修补过的痕迹，这极其难得，它是我国迄今为止发现的年代较早的补碗技术实例，这说明在南宋，人们不仅对器物的精美度十分重视，同时，瓷器的修补工艺也正在发端。御街出土的宋代建筑构件也很多，有筒瓦、板瓦、鸱尾等，最让我们惊讶的是，有一件莲花纹瓦当直径竟达23厘米，可谓体形硕大，这是我们在南宋临安城考古中首次发现的，而瓦当一般不会只有一片，这让我们期待着还有更多的惊喜深埋在地下。

在南宋御街考古之初，我们连个临时的办公室都没有。当时的直觉告诉我："这个地方没有一年半载是挖不完的，一定会有重要的发现！"因此，我宁愿停工，也坚决要求首先找到合适的办公地点，这让很多同事都不理解。几经周折，我在御街的街头找到一栋居民楼，租了其中五楼的一户作为办公室，当时的许多照片资料正是从这户的一个窗口拍摄的。一个普普通通的窗户，就此见证了一个个宝贵的历史瞬间。令我也没想到的是，这一租就是五六年，在考古结束后的很长一段时间中，这里曾经被继续租为宿舍，住在这里的新考古人希望自己也能有朝一日参与像南宋御街这样的重要考古项目。

御街发掘项目让我对南宋临安城的布局有了新的认识：

临安城的布局遵循自然地理特征，修建"河路并行"的城市道路交通网络，这是南宋临安城的最大特点。

临安城打破规矩森严的"左祖右社"礼制规范，皇后宅位于皇城外，不拘一格，颇具灵活性与创新性。

南宋临安的城市规划相当有超前意识，城区按照不同的功能划分，并与地理环境紧密结合，充分利用水乡城市特点和优势，具有强烈的现实主义色彩。世间千载，天翻地覆，临安的城市格局却恒久不变，很多区域甚至沿用至今。临安城规划布局的合理性和前瞻性，常令我惊叹不已。

专家们兴致勃勃地观摩御街遗址出土的遗物

南宋莲花纹瓦当 　　　　南宋时期的大砖

与今人争路，御街与中山路的珠联璧合

我们发现的保存完好的南宋御街遗迹，是本次考古最重要的成果。

即使在今天，严官巷御街遗址所在区域也属于杭城的闹市区，它位于上城区紫阳街道太庙社区，南距南宋皇城约1000米，北距南宋朝天门约900米，东临中山南路和中河南路，南靠杭州卷烟厂，西为云居山及万松岭隧道，北边便是太庙遗址。当年我们在挖掘太庙遗址时，便挖到了御道，可见南宋的临安城确实是环环相扣的，我们真的可以根据古地图，对照已挖掘出来的遗址，一步步求证我们对于临安古城的大胆假设。

万松岭隧道东接线（严官巷段）属于杭州城的重要路段，其基建刻不容缓。为了配合城市建设进度，在发现严官巷御道后，杭州市文物考古所在历史与现实间奔走，抢着在今人的道路建设前保护古御道，于2003年12月5日至2004年7

月 30 日对这段御道进行了抢救性考古发掘，发掘面积共计 1250 平方米，不亚于太庙遗址的发掘规模。南宋御街遗址被发现后，临安城便有了精准的横向坐标轴，整个城市的具体布局更加清晰，这一考古成果，不仅为南宋故都的学术研究提供了宝贵资料，也为杭州历史文化遗产的保护提供了精准坐标，并为研究古代临安的布局提供了珍贵资料。

严官巷南宋御街遗址于 2004 年 7 月重现于世，而在这一地段已投资 3000 多万元的万松岭隧道建设不得不停工。发现御街时，万松岭隧道几乎完工，无法再改变隧道出口，难以给御街考古项目腾出更大的空间。保护珍贵的历史遗迹，还是继续推进城市重要道路建设？到底谁该给谁让路？这是一个两难选择，杭州市委、市政府做出了艰难的决定——要不惜代价保护遗址！隧道要通，御街也要保。两个月后，最终确定了一个两全其美的施工方案——在隧道通过御街遗址时，施工队用 20 根直径 1.2 米的桩基把隧道路面托起，这便有了一个架高空间，与此同时，在隧道两边修建两个相互连通的陈列馆，以保护御街遗址。经过一年多的施工，2006 年，位于杭州严官巷的南宋遗址陈列馆开馆，御街静静地"躺"在陈列馆下面，得到了完美的保护，而万松岭隧道也不负众望，承载起连通城际、促进城市经济建设的交通重任。

杭州既是历史文化名城，也是长三角经济圈的核心之一，因此，必须寻找最佳解决方案，使保护遗址与城市建设两不误。让"争路"的御街与万松岭隧道建设两全，这样的魄力和睿智，造就了国内文物保护的典范，开启了此后中山路的综合保护与有机更新进程，也有了后来"南宋御街·中山路"的惊艳开街。2009年9月30日是"南宋御街·中山路"的正式开街日，作为南宋御街考古项目的主持者，我受邀向大众介绍御街，那日的情形令我印象深刻，至今仍历历在目。每当我走到南宋御街与大井巷交叉口，我的思绪都会飘回十几年前。那日，天空下着滂沱大雨，我撑着伞向过往行人介绍南宋御街曾经的繁华景象，即便雨大到打伞还是会被淋湿半条胳膊，也依然没能阻挡大家的热情。驻足聆听的人越来越多，南宋御街竟能聚起如此高的人气，这是远远超出我们预期的。我不是一个善于言辞的人，甚至有时有些内向，面对电视台的镜头不免紧张，但当谈起这个由我亲自主持并参与的考古项目，我就像被打开了话匣子，有太多的故事想与观众分享。我想告诉大家，如今我们眼前的南宋御街，正是古老历史的延续和城市有机更新的"双赢"结果，鱼与熊掌兼得。杭州从此有幸存留了一个供后世观瞻真正南宋风貌、向世界展示宋代文明的最佳样本。中山南路上，人们熙熙攘攘，络绎不绝。南宋遗址陈列馆悄然坐落于严官巷的两旁，它引着不期而遇的游客们穿越时空，越过近现代、明清、元时代层，直抵地下两米多深的考古挖掘"现场"：南宋御街的桥块桥墩、石砌水闸、房屋基址、道路水井，近在眼前，一目了然。这些 800 年前的古迹，携着漫长岁月的尘埃，冲击着人们的感官，震撼着往来者的神魂。

我站在南宋御街历史街区的闹市街头，眼前的一切熟悉而又陌生，它是工业化时代的时尚商业区，充斥着浓郁的现代气息，自然已不复南宋风貌，但骨子里，它依然蕴含了千年前的风致，在檐间街角时时刻刻散发着杭城特有的悠闲、雅致。作为杭州文化底蕴最深厚的道路，这条道路的重要性，犹如长安的朱雀大街和洛阳的天街、南京的御道街、北京的前门大街，深刻烙印着一座都城从古至今的基因和气质。我时不时来这里走一遭，双脚踏过湿漉漉的青石板，双手拂过老建筑的一砖一瓦，呼吸着这座城市的古韵芬芳，每走一次，都仿佛离那座繁盛的都城、那段文明开放的历史更近一些。

杭州第一街——中山路，其前身也是南宋都城临安的第

南宋御街·中山路（胡鉴 摄）

一街，是天子行走的御街。经过隋、唐两代的发展，中山路在五代吴越国时期已初具规模，成为吴越国时期的都城主干道。南宋烟消云散后，800多年间，御街历经王朝盛衰更替，却一直是杭州城的中轴线和城市经济、文化活动中心之一，是杭州绵延几百载的历史之根。20世纪80年代以后，杭州开始城区改造，随着改革开放的深入与拓展，涌现出各种新的商业体和时尚区域，中山路发展脚步趋缓，在商业竞争中逐渐失去了往日独占鳌头的地位。但这并不意味着中山路自此沉寂无声，相反，它以另一种风姿在杭城中绰约而立。走在中山路上，你便能看到沿街两侧的文化遗存星罗棋布，包罗万象，它是杭州历史渊源最深厚、地位最突出、传统风貌保存最完整、近代历史建筑最集中、最能反映杭州历史变迁的地段，它集民俗、民风、建筑艺术于一隅，直观体现着杭州最具典型性的古城风貌，是当之无愧的古建筑博物馆。

我与中山路有着不解之缘。在近四十载的文博工作中，我的主线任务便是南宋临安城考古，而中心点围绕着中山路两侧旧城展开。中山路承载着我青春岁月中的快乐与荣誉，"浙江杭州严官巷南宋御街遗址"入选"2004年度全国十大考古新发现"。

"2004年度全国十大考古新发现"评选活动现场

由于考古发掘,中山路作为南宋御街的历史延续,越来越被重视了。2008年,杭州市政府启动"中山路综合保护和有机更新工程",首次在城市核心地带面向整个街区进行历史区域的复兴和综合保护,工程围绕"建筑历史博物馆"和"复兴宜居、宜商、宜游的特色城市空间环境"的总目标,进行了一系列的文化工程建设,意欲重现中山路在历史上如御街般的繁华盛景。

如今，我们走在中山路上，或徜徉于两侧的街巷内，便能看到形形色色的文物建筑单位，观赏到大量原汁原味的历史建筑遗存。这些历史建筑丰富多彩，有名人宅第、传统民居、百年老店、宗教建筑、金融商贸建筑、近代公共建筑及古城门、古桥、古井等，各具风采。古色古香的建筑群散发着浓厚的文化韵味，杭城的开放、兼容、多元化，体现在这些建筑多姿多彩的风格中，彰显大气、充满生气、富有灵气、透露秀气，使昔日故都的帝王之气，融入市民们安居乐业的生活气息。

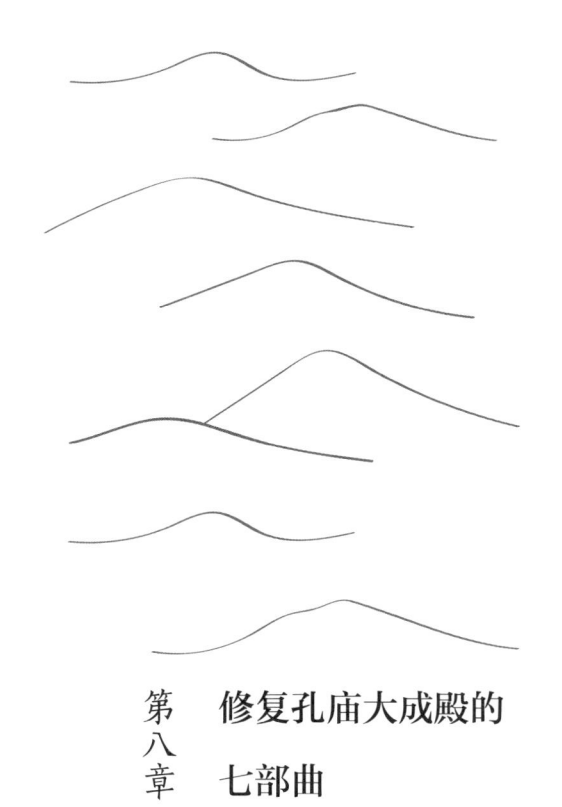

第八章 修复孔庙大成殿的七部曲

2008年9月28日，正值孔子2559周年诞辰。当天上午，杭州市委、市政府举行杭州孔庙大成殿竣工典礼，下午在孔庙举行了祭孔大典，同时大成殿向游人开放。整个祭孔典礼盛大庄重。

我站在大成殿熙熙攘攘的人群中，思绪却飘回到了2005年。

那一年，已逾不惑之年的我调到杭州市文保所，从田野考古的"地下工作者"变成复原古迹的"地上工作者"。主持杭州孔庙复建是我在文保所时的一项重要工作，该工程也是杭州市政府重点工程之一。

杭州孔庙碑林位于杭州市上城区劳动路65号，建于西湖东南侧的吴山脚下，占地约4400平方米，总建筑面积约1500平方米。孔庙曾一度为太学，是时代的文化中心，其建筑格局规整大气，风格古朴典雅。孔庙内的碑林中收藏着唐、宋、元、明、清时期的各类碑刻500多石，其中最著名的是《南宋石经》《十六罗汉像》刻石、《孔子及其七十二弟子像赞》刻石以及五代的石刻星象图等。此外，碑林中还收集了王羲之、王献之、苏东坡、米芾、祝允明等历代书法名家手笔的刻石及其他南宋和清代的帝王御碑，它们不仅具有无与伦比的艺术价值，也是宝贵的历史物证。更难得的是，碑林竟有

工程奠基

一批史实碑，记载了杭州及周边城镇兴修水利、修筑海塘、开展盐运等史实，为研究杭州的水利及经济发展提供了宝贵资料。这些石碑都是无价之宝，孔庙碑林由此被视为一座融历史、科学、艺术为一体的"石质书库"。

历朝历代都设孔庙，而这座南宋孔庙曾一度增修为太学，成为今天北京大学、清华大学般的最高等学府。杭州孔庙碑林原为南宋临安府学的核心区域，始建于南宋绍兴元年（1131），从此便落地生根，虽几度毁于战火，却每每原地浴火重生，其间有扩建，也有修葺，经历八百载兴衰沉浮，至清光绪三十一年（1905）废除科举制度后，孔庙失去了作为教育场所的功能。

辛亥革命，革了清政府的命，也革了封建文化和科举制度的命，府学等旧式教育机构也从此被废，读书人进入学校，开始接受西式教育。在九一八事变后，国民政府"儒化"三民主义，规定每年农历八月二十七孔子诞辰日由地方政府举办祭典，祭孔活动兴盛不衰，这一天又被定为当时的教师节，杭州孔庙由此再度启用。1934年，杭州府学孔庙基地被辟为浙江省立杭州师范学校校址，孔庙又成为教育机构。七七事变后，杭州沦陷，孔庙内的不少建筑被日军拆毁，大量珍贵木材被日本人盗用。抗战胜利后，民国浙江省政府成立了"孔庙整理委员会"，将原杭州府学（孔庙）内所有的古碑集中保护。

"文化大革命"时期，孔庙被视为"四旧"的靶子，更是饱受摧残，最终仅剩大成殿，无声地诉说着峥嵘岁月。即使如此，孔庙古碑的历史意义依然受到重视，早在1961年4月，孔庙因内有《南宋石经》，被浙江省人民政府公布为第一批省级重点文物保护单位。1979年拨乱反正后，文化事业也迎来新生，孔庙作为重要的传世历史遗迹再次受到重视，省、市政府决定对大成殿实施整修，幸运的是，虽然孔庙大部分建筑被毁，大批古碑却被完好地收藏保护起来，再集合一些民间佚散碑石，终于在孔庙旧址建起了杭州碑林，杭州从此多了一座"石质书库"。

1983年，国内文化事业逐渐恢复元气，孔庙也迎来了又一个春天，杭州碑林建设工程正式启动。1986年，大成殿维修竣工后，孔庙内又陆续建造了天文星象馆、碑廊、碑亭等配套建筑。至此，孔庙的总建筑面积超过1500平方米。1989年，杭州孔庙碑林一期工程全面完工并对外开放，沉睡了半个世纪的孔庙再度启户，用无声的碑文，继续向世间传递历史、文化与艺术的智慧。

孔庙大成殿及其他建筑在这次大规模建设后，近20年间，再没有进行有效的维修与新建，只有对细节处的雕琢修补。到了20世纪末，孔庙内各建筑的屋面均出现不同程度的损坏，望板、椽子及部分角梁严重腐烂，而天文星象馆等建

杭州孔庙碑林（韩盛 摄）

筑在最初设计时便存在缺陷，损坏更严重。鉴于以上情况，杭州市委、市政府为了保护这座延续了 800 多年的宋代建筑，越来越关注孔庙的复建问题。早在 1999 年，市委、市政府已在《关于杭州建设文化名城的若干意见》中把恢复孔庙全貌，建成碑林二期工程列入。2000 年 9 月及同年 12 月，时任省委常委、市委书记王国平，市长仇保兴分别对杭州碑林进行了实地视察，并把孔庙复建列到 2001 年的市政府工作报告里。2001 年，工程正式立项。2002 年 8 月，碑林二期（孔庙）复建工程拆迁工作开始启动。2005 年 11 月，杭州市文保所正式启动杭州孔庙碑林的修缮工程。2006 年 7 月 1 日，修缮工程正式开工，经过我们 10 个多月的努力，建筑修缮和可见彩绘的修复于 2007 年 5 月竣工。

关于现存的大成殿还有些小传说。法学家、《东方杂志》主编阮毅成先生在《三句不离本"杭"》中有如下说法："由于府学内大成殿所用木材为楠木，抗战期间汉奸王五权遂起歹心，以整修为名，偷梁换柱，将楠木转售给棺材店以牟取暴利。为掩人耳目，又在原地建造了用材较差的大成殿，当时曾被人戏称'小成殿'。"

然而在本次修缮过程中，我发现事实并非如此。我们分

天文星象馆施工 　　　　　　木构件安装 　　　　　　匾额悬挂

大成殿前区域施工

修复孔庙大成殿的七部曲 | 297

析了大成殿所有大小构件的建筑用材和彩绘现状，对照阮毅成先生的说法，发现以下疑点。

首先，现存大成殿的柱、梁、枋等大木构件均由菠萝格制作而成。作为孔庙主殿，用料要极其粗壮，还不能是拼接木。我们推测，制作大殿木柱所用的原木至少为直径50—70厘米、高度超过9米的通长菠萝格。树的直径要超过50厘米，通常榆木要长30年左右，楠木要60年，红酸枝要几百年，介于其间的菠萝格，质地近似红木，怎么也要长上百年，可见大成殿在建筑用材方面的规格极高。另一方面，菠萝格原产自东南亚国家，又叫"印茄"，号称"古建之王"，具有坚硬挺拔、干缩小不易变形、防水防霉耐腐蚀的特点，是一种较为高档的木料，大多用于建筑中的装饰构件上，而建筑的木结构柱、梁、枋这些大件使用菠萝格，确实是建得相当考究，绝非"用材较差"。如此粗壮、通长的菠萝格原木在20世纪三四十年代的国内已是有价无市，在那个战火纷飞的年代，要将如此巨大的菠萝格木材从东南亚漂洋过海运输到杭州，不仅要历经千难万险，材料花费和运费也不菲。除非王五权疯了，否则只为掩人耳目而补建的大成殿，为什么要选择如此难得又昂贵的高规格木材？找些价位适当又容易得的杉木或松木，不是更轻松吗？因此，以他见利忘义的本性，是绝不可能将大殿的大件木材换成菠萝格的。

其次，现存大成殿的梁、枋、柱头和平棋处均有彩绘，仅可见彩绘的面积已超过 300 平方米。我们经过细致的观察分析，发现大成殿的彩绘竟有三层，现存的彩绘叠加在旧有的彩绘之上，说明大成殿彩绘在完成初次绘制后，又经历了两次修缮性的补绘。我们无法找到关于补绘确切年代的记载，但彩绘内容丰富多彩，有人物典故，也有花草瑞兽，都体现着鲜明的时代特征，从其造型和风格上推断，最后一次补绘的时间应在清代的中晚期。这就使前述说法存在一个时间上的谬误。假如目前的大成殿在抗战期间被以次充好地重建过，那么如何解释这些梁、枋、柱上的清代中晚期彩绘？就算王五权作假做全套，特地聘请专业画工仿照清代风格临摹而成，可要完成如此大面积的彩绘，也需要投入大量的人力、物力、财力和时间，说不定还没等画完，抗战就结束了。更何况王五权本性见钱眼开、唯利是图，这种得不偿失的麻烦事，他才不稀罕去费力不讨好。

由此可见，无论是使用大料的菠萝格这种高档建筑用材，还是残存的晚清艺术风格彩绘，都有力地证明了今天我们所见的大成殿，绝非传说中被汉奸王五权偷梁换柱后重新建造的"小成殿"，而是建于清代中晚期的传世文物建筑。阮毅成先生的"传说"，大概源于王五权这个日本汉奸太招人恨了，老百姓总觉得他做什么都是鬼鬼祟祟、没安好心，对他憎恶至极。不过，有些事可能并非无中生有，或许王五权也曾动过偷梁换柱、掩人耳目的心思，但慑于孔庙在读书人和百姓心目中的地位而未能得逞，毕竟动"圣人"的东西，容易遗臭万年，人人喊打。

大成殿彩绘修复

在保护孔庙、修复大成殿的过程中，我们发现它隐藏着令人惊艳的一面。建筑中的承椽枋和随梁枋通常都是不起眼的，然而，在大成殿的这些犄角旮旯，竟然暗藏着数百平方米的清代木质彩绘，再加上天花板和横梁上的300多平方米的彩绘，大成殿的彩绘总面积达到800多平方米，铺陈开来，相当于两个标准篮球场大小，而大成殿自身占地面积也不过

560平方米。由此，大成殿一跃成为江南地区单体建筑中彩绘最多的建筑。故宫博物院文保科技部的雷勇博士评价道："（大成殿）彩绘的色彩保存得非常完好，而且绘画非常精致，在江南这个潮湿的环境里，能保存成这样，实属不易。"

大成殿彩绘主要分布在平棋和梁枋上，因修补而叠加的彩绘共有三层，原绘和补绘的确切年代早已无从查考，但彩绘色泽古朴典雅，图案内容丰富，梁枋上游龙翔凤，麒麟踏云，仙鹤翩然，牡丹盛放，松柏常青，又有诸多人物典故，造型优美生动，形象栩栩如生，是古代艺术珍品。我们从造型和风格上进行分析，根据这种略显清新淡雅的色调，以及人物花鸟中透露出的浓郁的生活气息，最终断代为清代的中晚期。

进入大成殿，只要你抬头仰望，从任何角度都能瞥见彩绘。大成殿的平棋，每一小块都是一幅独立的精美图案，有出水蛟龙，抑或是浴火凤凰，也有绚丽的孔雀等。中国古代神禽瑞兽在建筑中的使用，具有严格的品阶限制，而最高级别的龙凤图案仅属皇室专用，民间用了便是僭越大罪，唯独孔庙例外。承椽枋和随梁枋这种显眼之处的彩绘更是做足了功夫，多是"授业图"等故事性很强的彩绘，比如其中一幅图，画的便是一位秃发老者，左侧五六岁的孩童绕膝，右侧摆着一箱子书，虽不知画出何典，但大抵与启蒙教育有关。

大成殿中，能看到的彩绘面积共有365.73平方米。其天花板共有153块，面积183.58平方米，其中平棋有88块（明间30块、东次间16块、西次间22块、东梢间11块、西梢间9块），面积133.1平方米；无彩绘的木板，即平暗有65块。彩绘梁枋共有49根，面积232.63平方米，它们纵横交错，在起到连通加固作用的同时，也使建筑更美轮美奂。我们在修复可见彩绘时，在对随梁枋、承椽枋、箍头榫、穿插枋、上层斗拱、下层斗拱、拱垫板等交错部位进行局部实验的过程中，竟发现这些部位也全都有彩绘，最终统计隐蔽部分彩绘的总面积达479.66平方米。这一发现，便使大成殿总体的彩绘面积达到845.39平方米，隐蔽部分比外显部分彩绘更多，足见当时彩绘画师们的匠心，也体现出一种儒家的"慎独"之感，工匠们即使在隐蔽且细微之处，也不会敷衍了事，偷工减料。

大成殿的彩绘修复难度系数极大，阻力重重。由于受氧气、酸性气体、湿气、盐分、微生物、灰尘等天然因素的侵蚀，彩绘已出现不同程度的残缺、剥落、起甲、龟裂、断裂

孔庙大成殿（韩盛 摄）

等破损，若再置之不理，必将更趋严重。天灾之外，还有人祸。1986 年，工作人员对大成殿进行维修，由于文物保护知识不足，竟然在彩绘表面涂上一层清漆，这严重地影响了彩绘原有的色泽，古色古香的彩绘变得油亮，韵味大减。更令人揪心的是，清漆随着时间的推移逐渐老化，漆皮下附着的珍贵彩绘颜料也随之慢慢脱落、开裂，如果没有适当的保护与修复，再过几十年，梁间屋顶的所有彩绘，将随着清漆片片剥落，消失殆尽。

在大成殿的维修工程中，文博专业的技术人员们先对所有彩绘细节逐一照相，此后根据照片还原绘图，同时又对相应的部分进行文字描述与记录，采用了诸多先进的技术手段，分阶段分析研究大成殿的彩绘。首先，技术员们对大成殿彩绘的保存现状和主要内容进行全面调查，对于那些残损部位的彩绘进行重点描述，一边照相，一边对破损彩绘进行编号。其次，我们采用微损分析法，取少量有代表性的彩绘样本，对其使用的各种颜料和木质载体进行采样分析，确定颜料的主要成分和木材的树种类型，根据大部分彩绘中使用的颜色比重，重点对画面层的红、黑、黄、绿、褐色料和基础层颜料进行定性半定量分析。再次，我们调研了杭州地区的大气环境和历史地理环境，摸清本地区近百年的温度与湿度变化，以及空气中的微粒组成，为分析彩绘老化原因积累自然数据。最后，我们进行了大量的小范围、有代表性的现场实验，摸清了清漆与彩绘颜料不同的溶胀程度，深入探讨后，终于找到了去除清漆的主要工艺，确定了正确可行的彩绘修复施工方案。

薄薄的一层陈年彩绘，又附着了开裂起皮的清漆，若想修复它，光靠一腔热情可不够，技术、专注力、耐心、艺术直觉和对历史的理解，一样都不能少。面对800多平方米待修补的彩绘，我们将维修工程分为七大步，每一步都如履薄冰，如同给一个小婴儿处理烫伤的皮肤，既要有技术支持，又必须谨慎轻柔，生怕一不小心反倒造成伤害。

第一步，清洗清漆表面。我们以"先物理、后化学"为原则，用软毛刷小心翼翼地清除表面的灰尘和附着物，防止杂质在复原过程中捣乱。第二步，回贴起皮。我们先用敷贴的方法软化了清漆起甲片，再一点点将黏合剂注射到甲片背面使其渗透，这样便可以软化起皮的清漆上黏附的彩绘漆面，使它容易剥离，又用小竹片或牛角片分离清漆与彩绘，将彩绘贴回原位，最后用镊子夹起棉球，轻压起皮的彩绘，让彩绘的颜料层与地仗层再次紧密贴合，风干后便能牢固地结合，完美如初。湿润的起皮彩绘，极其脆弱易毁，这便要求我们每一个动作都要一丝不苟，进展极慢，却是必需的。我们像做植皮手术般轻手轻脚，将剥离的彩绘"缝合"回本体。第三步，去除清漆。我们先用溶胀剂对彩绘表面进行溶胀，接着区别对待不同地方：有彩绘的部位，便用棉花沾满复合溶剂后，小心涂覆、摩擦清漆表面，直到清漆的光亮消失，露出彩绘本色为止；没有彩绘的部位，只需涂覆摩擦清漆表面，直至光亮消失即可。第四步，清除霉斑。霉斑是文物保护中最讨人厌的，尤其在南方潮湿的环境中，它不仅损坏文物，还能生长蔓延，清除起来也得万分小心，一不留神就玉石俱焚，必须一扫无遗。我们先用纯酒精溶液清洗彩绘表面，对于部分清洗效果不理想的部位，则在纯酒精中加入适量杜邦公司的含氟表面活性剂，可以润滑并降低表面张力，能够有效解决涂料浮色、发花、附着等问题。第五步，彩绘补缺。我们通过前期取样，在实验室分析了颜料组成成分，通过多方对比，选择与原彩绘颜料相一致的材料，调制出补配颜料，从地仗层开始着手，根据彩绘原本的线条、图案、意境和风格等，对缺损部分进行补绘。天花板因为年代久远，天然木料在长久的温度和湿度变化中会膨胀、收缩，久而久之便有缝隙，天花板上的彩绘自然也在缝隙处断开。我们先用高分子弹性体将缝隙部位填实，打好实物基础，再用调配好的仿制颜料补充地仗层，最后一笔一画地修补缺损彩绘。第六步，复原彩绘的做旧。彩绘经过我们一番科技化操作，进行彻底复原、补缺之后，色泽与原有的彩绘存在着一定的差距，因此需要采用文物修复的特殊工艺，对修复补缺的部位进行做旧处理，使我们修补的部分与原彩绘的色调协调统一。最后一步，表面封护。我们做了大量的工作，对大成殿的彩绘进行全面填充修补和还原做旧，然而即使没有涂清漆造成的破坏，彩绘在自然环境下，依旧会随着时间的推移而老化腐蚀、虫蛀变形、失去光泽，甚至遭遇火灾而损毁。所以，必须做进一步的保护预防措施，对彩绘进行表面封护，运用专业的封护剂，隔绝外界对彩绘的各种侵蚀、破坏。我们选用的封护剂具有可逆性、无光泽、耐老化、耐腐蚀、阻燃性强、较低的表面活化性和较好的柔韧性等特点。当然，这种封护剂本身不会与彩绘颜料发生化学反应，也不会像那些清漆一样，因为应力的变化而造成彩绘的脱落。

通过七步修复技法，大成殿的大部分彩绘得到复原，并做了保护预防措施。可惜的是，后期发现的隐蔽部分彩绘，由于长期被多重腻子和油漆覆盖，几乎面目全非，残损情况相当严重，已经超出了当时保护修复技术能力范围，令人无从下手。不过我们很快找到了外援——南京博物院的相关技术人员。他们在各种文物修复及后期保护方面有着丰富的经验，我们委托他们进行大成殿彩绘保护方案的编制，等待相关文物修复专家论证彩绘保护的可行性后，再着手进行下一步修复。

文保所进行了10个多月的全面修缮，终于使杭州孔庙碑林的整体面貌大为改观，复旧如初。我们费尽心血修复的大成殿，整体建筑更加庄严挺拔，殿内的彩绘经过现代高科技手段运用和文保所工作人员的用心，也得到了完整的保护和修复，雕梁画栋再现昔日精美。大成殿彩绘是先人留给我们宝贵的文化遗产，通过我们的精心修复，可以让更多今人体验到古典建筑艺术高超的营造技艺和精美程度。历史文化和艺术之美虽然无法完整地世代传承，却通过这种方式薪尽火传，这是我们最感欣慰的。

三年得成

修复了大成殿，做好了碑林展览，孔庙还差一件极重要的陈设——孔子像。孔庙是中国历史上历代学子们仰止的圣地，是儒家思想的实体归宿，孔庙中有孔子像，才算完整。由于杭州孔庙延续数百载，饱经战火，原有的孔子像早已不知所终，需要重新安置。这又产生了一个问题，杭州孔庙原本的孔子像什么样已经无从知晓，只能在现存孔子像的模式中进行挑选。然而历代孔子像有多个版本，最具代表性的则为两类：露齿的孔子和抿嘴微笑的孔子。露出两颗门牙的孔子像很多见，比如北京孔庙大成门前的汉白玉孔子像。这对门牙颇有渊源，据说孔子面有奇相，不同凡响，而这对"骈齿"便是奇绝的相貌特征之一，古人认为如此卓然不凡才够尊贵，从而神化了孔子。抿嘴微笑的孔子像，则更像一位与众乐乐的老先生，和蔼又帅气，比较真实，也更具亲和力。杭州孔庙大成殿该塑哪种孔子像？专家们各执一词，争论不休，最终选定了吴道子画笔下的孔子，笑不露齿，庄重又温和。大成殿孔子像高4.8米，其下的红木基座高6.7米。孔子端坐在太师椅上，峨冠博带，前有冕旒，宽袍大袖，慈眉长髯，面带笑容，慈祥可亲，左右并列着四配，东为孔子最得意的弟子颜回、孔子的孙子孔伋，西为曾子、孟子，两侧墙壁上则是根据碑林中所藏的《孔子及七十二弟子像赞》刻石，描摹线刻的七十二圣贤画像。一番安置后，孔子及其排得上号的门人就济济一堂了。

2008年9月28日,孔庙隆重举办祭孔大典,孔子像终于揭开神秘面纱,大成殿珍贵的木质彩绘也精彩亮相,展现在世人面前。届此,修缮一新的孔庙正式面向市民免费开放,寻常百姓家的子弟也能踏入当年临安最高学府,瞻仰孔子及其弟子们,想象当时孔子携三千弟子周游讲学的盛况,感受儒家文化数千年的积淀。

400多块杭州碑林珍藏的绝版古碑也成为孔庙重要的展示内容。其中,"康熙谕碑"无疑是"重中之重"。它实在太抢眼了——碑身加上底座和碑额竟有8米多高,大约9吨的碑体重量,让我们无从下手,不知道该如何挪走保护,因此大家围着它动了不少脑筋,最终决定用吊车吊起来,再放到卡车上运送,最终成功将它挪走。谕碑上记载的内容是康熙皇帝颁布的一道谕旨。当时其他地区连年天灾,为了赈济灾民,朝廷向富庶的江浙地区征税以补给国库,平衡用度,用此石碑昭告江浙百姓,朝廷加税是有的放矢,取之于民,用之于民,希望百姓们能理解国家的苦衷。为了能更稳定地安放康熙谕碑,我们还特地跑到江苏宜兴,为谕碑定制了一个重达3吨的基座。这基座形态特殊,叫"赑屃",乍一看像乌龟。传说龙生九子，各具神通，赑屃就特别能负重，因此很多石碑下，都是用赑屃承托。可仅仅安放赑屃基座就花费了我们一整天工夫，用四条比成年人拇指还粗的钢绳都吊不稳它，好在后来平安落地，并稳妥地承载了康熙谕碑。

开放后的孔庙

孔庙中最令人瞩目的，当然还属碑林。在碑林中，不仅展示了85块《南宋石经》，还有"镇林之宝"，那便是迄今发现的世界上最早的石刻星图——五代的石刻星象图。碑林中的《南宋石经》大有来头，原本是南宋高宗赵构及其皇后吴氏亲笔所书的儒家经典石刻。这些石经嵌入孔庙的墙壁，作为当时的太学诵读范本，太学生们每日行走路过，边走边读，耳濡目染，即使一天一遍，三年也能读上千遍。书读百遍，其义自见。若认真读了上千遍，那简直要深深刻入骨髓了，由此可见宋朝最高统治者对于儒学的重视和对学子们的殷殷期待。这些石经又被称为"南宋太学石经"，而皇帝、皇后亲笔书写的太学石经，留存到今天的，从古至今只此一份，极其珍贵难得。更难得的是，经历了800多年，石碑上的文字依然清晰可见，许多内容在今天看来，仍然很有教育意义。但由于孔庙屡次遭劫，经历多次搬运，石经残损严重。20世纪80年代，文保所曾对石经进行修补，但那时候的设备技术实在简陋，填补材料大多是水泥、胶水，既不美观也难长久牢固。如今，我们具备了先进的技术，修补用材的选择面也更广泛，于是寻来与原碑材料相同的太湖石，对残缺石碑进行修复，力求最大限度还其原貌。至于"镇林之宝"——五

碑石起吊

上碑

修复孔庙大成殿的七部曲 | 313

代的石刻星象图,则来自 1965 年在凤凰山脚下发掘的钱元瓘墓。这张钱元瓘主墓室中的石刻星象图上,正中刻着北斗七星,周圈环绕着 183 颗石刻星星,每颗星星都有连线,并被刻成白色小圆圈,清晰准确。如此精美又精确的星象图,中国竟然在 1000 年前就已经存在了。

在外人眼里,从 2002 年起开始进行的碑林二期(孔庙复建)工程拆迁工作到 2005 年孔庙碑林的修缮工程正式启动的那一刻可能就已经完成了。其实,人们不知道的是,直到 2008 年 3 月,也就是孔庙举办祭孔大典的当年,最后一户才进行了拆除。其中的艰辛丝毫不比修复大成殿、做碑林展览以及为孔子塑像来得少。

由于项目地块位于黄金地段,在拆迁安置、经济补偿等方面与住户的期望存在落差,不能对其一一满足,导致有些住户抵触情绪很强,以至于拆迁工作一拖再拖,进度十分缓慢,对工程的顺利进行产生了极大的阻力。

2005 年,经过前任领导和文保所全体职工的努力,大部分住户已经搬走,到我接手时,还剩下 10 户没有完成拆迁。这 10 户与 301 户的基数相比,看似比例不大,实则户户都是最难啃的"硬骨头",工作难度之大远超人们的想象。

让我印象最深刻的几户人家：比如有带头抵制拆迁的钉子户"光头"，他有过到青海改造的历史背景，周围居民都惧怕他，他具备丰富的"钉子户"经验，经常到杭州其他拆迁区域为拆迁户出主意，且消息灵通，一旦信息有变化，就认为还可以再提条件，出尔反尔很多次；比如有三番五次以跳楼相威胁的孤寡老人，她每次都事先叫来很多媒体、救护车和公安，自己则站在楼顶，广而告之，造成劳动路大堵车，引起恶劣的社会影响；又如子孙后代达几百人，财产继承人多达13人，意见难以达到一致的共有产权户，以及自称名人之后拒不搬迁的；等等。因此，当时社会上很多人误解我们的工作，给拆迁带来了负面的影响和阻力。

经过反复思考和研究，我认为，应该以"光头"为突破口，只要能把他说服，接下来其他人的工作也就会容易解决得多了。而与"光头"这样的"钉子户"沟通，没有别的办法，只能靠耐心。一开始，"光头"认为事情闹得越大对他们越有利，认为文保所是小单位，文物保护也是小事，在他们看来也没必要解决这种问题。我便因势利导，循循善诱，耐着性子一遍遍上门把政策讲解透彻，并把底牌底线完全告诉他，让他感受到了文保所做事实在，对待文物保护以及背后的拆迁工作是诚心诚意的。

为了进一步与拆迁户沟通，我还请住在孔庙旁的浙江文史专家顾志兴等老先生一起参加拆迁动员。老先生们在群众中有一定的威望，我们一起挨家挨户走访，做思想动员，倾听拆迁户的心声，将心比心地与之交流，广泛宣传拆迁政策和补偿标准，承诺在政策允许范围内，提供最大程度的拆迁补偿，并且使这些拆迁安置补偿按时足额到位，尽量帮助拆迁居民解决难题。就这样，反复与群众耐心沟通，把关心、疏导和教育做在前面，把各项保障措施落实在前。后来，文保所的很多工作人员也加入这一行列中，甚至原来的拆迁户也自愿加入。他们做动员，讲道理，说复建孔庙是积善积德的事，对子孙后代也有好处。在我们的宣传教育中，这些拆迁户对杭州的历史以及孔庙复建对于整个杭州城市的重要性有了一个全新的认识。

终于，经过长达一年多的动员，"钉子户"们被逐渐感化，带头抵制的"光头"先搬迁了，带动了更多的拆迁户响应拆迁、支持拆迁，甚至主动配合拆迁，推动了工作的进展。在逐渐变好的拆迁氛围下，我们又积极组织人员针对协议签订、丈量面积、评估价值、确定产权、腾空房屋、拆除房屋和补偿安置等环节尽可能细致地做工作，提升工作效率的同时也让群众满意。

2008年3月26日，最后一户拆迁完成，至此共拆迁居民301户，拆除总建筑面积12370平方米。

拆迁只是完成工程的前期准备，工程的顺利完工才是最终的目标。这一天以后，文保所全体职工已经全面进入"战时状态"，制定"进度表"、绘制"流程图"，倒排工期、挂图作战，晴天抢着干，雨天巧着干，白天大干，晚上加班干。文保所的职工同志以单位为家，每天都组织简短的碰头会，方便解决实际问题。由于工期紧张，工人们也不得不日夜施工，一天分两班人马，经常到凌晨2点，仍然在施工，披星戴月，抢抓建设进度。一直到竣工，文保所大部分职工，特别是与工程相关的人员几乎没有休息过一天，尤其到工程推进的后期，晚饭八九点钟才吃是常有的事，甚至就连吃饭期间，也还在谈论工程的进展，讨论如何解决工程中遇到的问题。整个工程下来，很多人的体重都掉了不少。

那几个月时间里，每周杭州市园林文物局的领导也都会带领相关处室的负责人到现场办公，开工程例会，更有市政府为工程开辟"绿色通道"，在资金上提供保障，而且对建设中遇到的问题给予及时的协调和解决。

最终,孔庙复建工程如期竣工。不论何时,我回忆起这段热火朝天却井然有序的时光,都抑制不住心潮澎湃……

后　记

历史是任人打扮的小姑娘，而考古则是唤醒沉眠古堡中的睡美人，是破解时间的魔法。每一块砖瓦，每一片碎瓷，都是对历史记载的验证，或是揭示截然不同的历史真相。

在碰触到文物古迹的前一刻，我们无法知道真相是什么，可即使碰触到了，看到了它们的全貌，依然需要几年，甚至几十年来解读，以揭示其真正的意义。其间，又免不了误读与曲解。因此，考古的过程是持续而反复的探求过程，要不得心急，欲速则不达。

撰写本书之时，我也本着欲速不达的心态，一边回忆，一边记述。从充满梦想的孩提时代，到求学的岁月，再到从事文物考古工作。书中的那些看似离奇，却真实无比的考古故事，都是我与同事们的亲身经历。然而，实际的考古工作比书中记述的更加不可思议——我们发现、发掘战国水晶杯、康陵壁画、南宋官窑以及众多遗迹、遗物时的心潮澎湃，那是直击灵魂的震撼。一些难以忘怀的瞬间，即使时隔多年，仍然历历在目。

如今，我虽已退离考古一线，心却永远追随着考古工作。

杭州作为吴越国与南宋的两朝古都、东南富庶之地，地下藏着丰富的文明遗迹。夸张地说，在杭州，你不小心摔个跟头，都可能摸到一枚宋代大钱；蹲在山间的草丛里方便，都可能捡到一块元代瓷片。

考古需要规划和假设，常常是长时间努力后的收获，或是决定坚持与否的考验——苦挖好多天，连块瓦都捞不到的时候，停下还是继续，是个问题。大部分时间，我们必须选择坚持，毕竟开弓没有回头箭，无论是从各方面力量的集结上，还是我们的心劲儿上，都不容许我们退缩。

如今，我已冠华发，将希望寄托在我的学生们，希望他们继承我的知识和经验，在考古领域继续发光发热。

衷心感谢杭州市文物考古所曾与我并肩作战的同事们，特别是唐俊杰、张玉兰、马东峰、郎旭峰、梁宝华、李蜀蕾等，在文物考古工作中，我与他们一起拼搏，一起努力，取得了一个又一个成果，他们都是文化传承的坚定守护者。

　　考古，不仅是个人或团队的事，它关系到城市、民族乃至全人类。正如西拉姆的《神祇、坟墓与学者》所言："考古学家艰巨的任务就是，让干涸的泉源恢复喷涌，让被人忘却的东西为人理解，让死去的转世还魂，让历史的长河重新流淌，因为这长河沐浴着所有的人。"我期待，这条历史之河在中华大地上奔流不息。